孙犁读本

孙犁作品·少年读本

孙晓玲 李屏锦 ◎ 主编

花山文艺出版社
河北出版传媒集团

图书在版编目（CIP）数据

孙犁作品.少年读本 / 孙犁著；孙晓玲，李屏锦主编.—石家庄：花山文艺出版社，2015.12
（"孙犁读本"）
ISBN 978-7-5511-2663-2

I.①孙… II.①孙… ②孙… ③李… III.①中国文学—当代文学—作品综合集 IV.①I217.2

中国版本图书馆CIP数据核字(2016)第009175号

丛 书 名：	孙犁读本
主　　编：	孙晓玲　李屏锦
书　　名：	孙犁作品·少年读本
著　　者：	孙　犁
编 选 者：	梁东方
策划统筹：	张采鑫　赵锁学
责任编辑：	贺　进
责任校对：	李　伟
封面设计：	景　轩
美术编辑：	胡彤亮
出版发行：	花山文艺出版社（邮政编码：050061）
	（河北省石家庄市友谊北大街330号）
销售热线：	0311-88643221/29/31/32/26
传　　真：	0311-88643225
印　　刷：	三河市华东印刷有限公司
经　　销：	新华书店
开　　本：	700×1000　1/16
印　　张：	9.5
字　　数：	100千字
版　　次：	2017年4月第1版
	2017年4月第1次印刷
书　　号：	ISBN 978-7-5511-2663-2
定　　价：	20.00元

（版权所有　翻印必究·印装有误　负责调换）

20世纪80年代中期,孙犁在天津市多伦道寓所

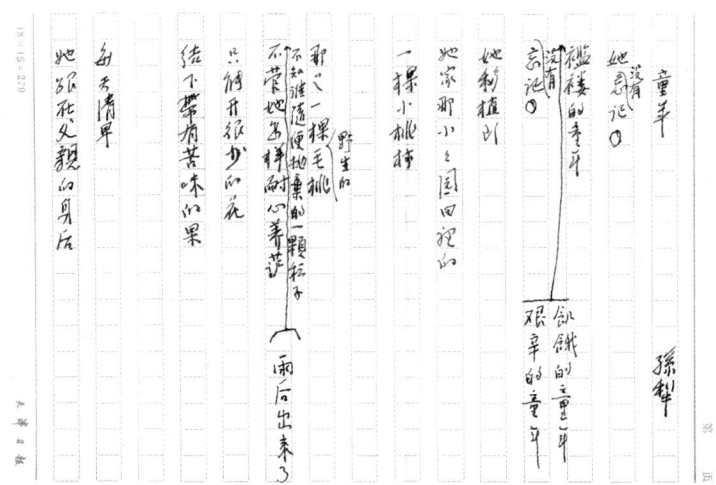

《童年》(诗歌)手稿

与小女儿孙晓玲在水上公园

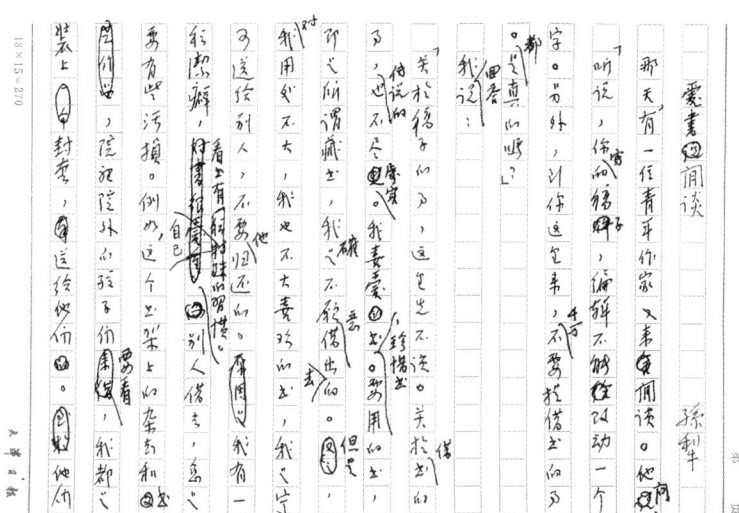

《爱书闲谈》手稿

20 世纪 70 年代初,孙犁在天津市多伦道寓所内看书

《野味读书》手稿

1949年进城后的孙犁

编 者 的 话

《孙犁读本》是孙犁作品的普及本。

孙犁是我国革命文学的一面旗帜，是风格独具的文学大师。在我国现当代文学史上，只有一个孙犁！

孙犁对中国革命文学的贡献，他崇高的文品人品，深深地影响了一代又一代人，被广大作家和读者所敬爱。

孙犁的抗战小说写得最好最多，《荷花淀》誉满天下。

孙犁的《风云初记》和《铁木前传》被誉为共和国中长篇小说的经典之作。

孙犁一生不随波逐流，坚持讲真话，愈到晚年，思想愈臻成熟，行文尤其老辣，他的《耕堂文录十种》不同凡响，其思想之深邃与节操之坚贞，最终成就为作家良心的光辉形象。

孙犁饱览群书，博古通今，知识渊博，是学者型作家。他的文章、题跋、书衣文录等，给予读者智慧和力量；他广泛阅读新人新作，扶植他们健康地走上文坛，有口皆碑。

《孙犁读本》面向大众，首次将孙犁的作品分门别类地作了归纳，包括《孙犁抗日作品选》《孙犁诗歌剧本选》《孙犁评论选》《孙犁书信选》《孙犁作品·少年读本》《孙犁作品·老年读本》

《孙犁晚作选》《孙犁论读书》《孙犁论孙犁》《孙犁名言录》，共十种。

　　《孙犁读本》涵盖了除中长篇小说以外孙犁的全部作品，各自独立，又共为一体，言简意赅，富有新意，免除读者翻检之劳。各册编者不约而同地看中了某些篇目，不可避免地会有少量的重复；倘若完全排除重复，必有遗珠之憾。仁者见仁，智者见智。在两难之中，我们力求协调，不使偏失。

　　尚祈读者、方家不吝赐教！

　　本书编选过程中，阎纲先生热情指点，在此深表谢意。

编者谨识
2016年3月10日

序：读懂父亲

□ 孙晓玲

有人说他是迎风也不招展的一面旗帜，有人说他是越打磨越亮的一面古镜，有人说他是文苑那轮皎洁的明月，有人说他是淀水荷花的精魂……不管别人怎样评价他、赞美他，他就是他——生活中我们最慈爱的父亲。

努力读懂父亲的路我走了很长，而且就算我永久地闭上眼睛，也不可能完全读懂，因为父亲是一本极为厚重极具内涵的人生大书，"大道低回，独鹤与飞"。但我愿一点一点地翻阅，用心细细地品读、了解、感悟这本书。

小时候懵懵懂懂，父亲带我参观他的写作小屋时，告诉我，他就在这里写作。那是天津市多伦道216号大院后院一排平房中的一间。过去是《大公报》创始人之一吴鼎昌用人住的地方。这间小屋只有一张写字桌、一把椅子、一张单人床。说到写作，他似乎有种兴奋，他告诉我："我吃的是草，挤的是奶。"我茫然、困惑不解，是嫌母亲做的饭不够好吗？他为什么这样说呢？后来我才知道他背的是鲁迅先生说过的一句话，那是他的心志。

在一个城市与父亲共同生活52年的岁月里，我对他的了解逐渐加深。尤其搬到蛇形楼之后我已经退休，常去看望他，父亲身体好时三言五语也给我说过他对文学创作上的一些独特见解，对我的求教也有一两点针对性的指导。父亲去世后，我历经十余年寒窗苦，在2011年与2013年写完《布衣：我的父亲孙犁》与《逝不去的彩云》两本怀思父亲的书。之后，我对父亲的作品渐渐熟悉了起来，是父亲的作品伴着我度过了远离慈父的岁月，是父亲的作品给了我莫大的安慰，给了我奋进的力量，给了我如见亲人的温暖，给了我更多写作上的点拨与规诫。我不仅是父亲的女儿，还是他的读者、学生；他不仅是我慈爱的父亲，还是对我谆谆教诲引导我写作的良师、近在咫尺的国文教员、文学启蒙人。无论过去现在，我为有这样一个父亲感到深深地自豪。不论做人为文，他永远是我学习的楷模。尤其当我发苍苍、视茫茫，年近古稀之际，能亲身体会到文学创作带给我的慰藉与快乐之时，我的心中充满感恩之情。现在我的女儿也拿起手中笔写了很多关于姥爷的回忆，在天津《中老年时报》上开辟了专栏。我们都是仰望大树的小草，根深叶茂的参天大树，一枝一叶都令我们景仰无限，叹为观止。

在父亲孙犁七十多年文字生涯里，他用心血凝聚了300多万字的心灵之作。这笔丰厚的文学遗产，是中外优秀文化遗产的继承与发展，尤其是对鲁迅文化遗产的继承与发展，留给了后人，留给了民族，留给了中国现当代文库。

父亲而立之年在延安窑洞写出成名之作《荷花淀》，以高超的艺术手法，传递了民族精神、爱国热情；不惑之年父亲满怀激情在天津市和平区多伦道原155号《天津日报》编辑部写出抗战题材长篇小说《风云初记》，成为烽火中的抗战文学红色经典、爱国主义优秀教材。在和平区多伦道216号侧院《天津日报》宿舍披星戴月写出中篇小说《铁木前传》，被称为共和国中篇小说经典扛鼎之作；花甲之年至耄耋之年，他在天津市多伦道大院与南开区蛇形楼内呕心沥血又写出了十本散文集，四百多篇文章。这十本小书，浸透着父亲"沉迷雕虫技，至老意迟迟"十三年废寝忘食的投入，焕发着老树着新花的光彩，闪烁着真知灼见的光辉。20世纪80年代初，八卷本《孙犁文集》面世。这八本文集，民族魂魄铸雄文，浸透着父亲半个多世纪以来文学历程的心血才智，字字似珠玑，篇篇有情义，创造了一个历经关山考验，白纸黑字可不作一处更改的奇迹。

父亲一生虚心向生活学习、向人民学习，他把生活留给了历史，历史也留住了他的文学生命。他是一位一生向人民奉献精品的作家。

为了弘扬伟大的爱国主义精神，为了弘扬中华民族优秀传统文化，为使优秀文艺作品成为人民群众的知心朋友，我于2015年——中国人民抗日战争暨世界反法西斯战争胜利70周年这一具有重大历史意义之年，抱着"缅怀先生莫如读他的作品"这一理念，怀十三年追思之痛，仰高山之大美、叹芸斋之丰赡、赞耕堂之奉献，与父亲友人花山文艺出版社原副总编辑、资深编审李屏锦先生共同主编了这套丛书。他与我父亲生前交往甚洽，这次编书不遗余力地给了我极大帮助。此"孙犁读本"系列包括：《孙犁抗日作品选》《孙犁诗歌剧本选》《孙犁评论选》《孙犁书信选》《孙犁作品·少年读本》《孙犁作品·老年读本》《孙犁晚作选》《孙犁论读书》《孙犁论孙犁》《孙犁名言录》，共十种。

在花山文艺出版社领导张采鑫、赵锁学等同志的鼎力支持下，在杨振喜、刘传芳、郑新芳、梁东方等孙犁研究专家、学者、编辑的齐心努力、不辞辛劳工作中，这套饱含对孙犁先生思念与景仰，崭新、素雅、简朴、易读、面向广大读者的丛书终于面世。

怀文学梦　一生追寻

父亲自小聪慧好学，奶奶常夸他"三岁看大，七岁知老，从小爱念书"。还是在本村上小学时，教书先生就对我爷爷说："你这个孩子，将来会有更大的出息。"上高小后父亲便爱上了新文学作品，除了课堂受教，他经常利用课外时间阅读报纸图书，他的同学们都知道，操场上少见他的身影，图书馆是他最爱待的地方。

"不积跬步无以至千里，不积小流无以成江海。"在文学理想追求上，父亲一生不仅极为执着，极为勤奋，而且也与梦悠悠相关、绵绵缠绕。从他少年时的"求学梦""莲池梦"，青年时的"文学梦""青春梦"，壮年军伍时的"游子梦""报国梦"，晚年时的"耕堂梦""芸斋梦""桑梓梦""还乡梦"，他有追梦的"无与伦比之向往"，有梦想破灭的失意与痛苦，也有美梦成真的快乐欢欣。

自青少年时期受到《红楼梦》《聊斋志异》《牡丹亭》及唐诗宋词这些与梦有关的古典文学影响，父亲对博大精深的中华民族"梦"文化也有兴趣。在父亲晚年创作中，《书的梦》《画的梦》《戏的梦》《戏的续梦》《青春余梦》《芸斋梦余》，皆以"梦"字为题，而《亡人逸事》《老家》《包袱皮儿》《一九七六年》《幻灭》《关于〈山地回忆〉的回忆》等一些充满亲情、乡情、军民鱼水情和切身感受的作品，也不乏梦的情愫。他默默地如春蚕展吐，不断地编织已逝的旧梦，在静静的编织中，又不时补进现实沉潜的感受。

"梦的系列"是父亲晚年创作中的一个重要组成部分，是他十年梦魇之后，孤独反思、寂寞为文所留下的不可忽视的一道独特的文学景观，与"白洋淀系列"相比，尽管两者风格截然不同，前者荷浮幽香、清新隽永，后者老辣逼人、意蕴丰厚，但都紧紧触摸着时代的脉搏，都是他心路历程的凝结。

文如荷美　品似莲清

文品、人品的高度统一，造就了父亲作品历久弥新的生命力。

父亲一生爱国家、爱民族，七七事变后，抛妻舍子告别双亲，带着一支笔投身抗日洪流，走上革命的路，写作的路。战乱奔波，行军跋涉，被大水冲走过，被炸弹爆炸惊吓过，上前线采访险遭不测过，在蒿儿梁病倒过……山边、地头、农舍，他创作了大量优秀的抗日作品，为这场保家卫国的伟大战争做出了热血男儿安邦御辱的无私奉献。及至晚年，日本帝国主义的铁蹄声犹在耳畔，敌人肆虐后的战士、群众、孤儿寡母哭啼声犹在耳畔，不忘国耻、警钟长鸣。生活中他布衣素食，不求享受，甘于清贫，不慕奢华；在平凡的生活中我行我素地保持着他对文学理想神圣的追求。

1966年惊心动魄的"文革"开始后与父亲共同经历了多次被抄家、被逼迁，共同经历了人妖颠倒、文士横死、文苑凋零的严酷与惨烈，父亲的文学梦被无情摧毁。我深知这一"史无前例的文化运动"对他造成的心灵伤害。

父亲在逆境中不向权贵折腰，不跟风、不整人。我亲眼看见，父亲向造反派交代的材料上只有一行开头，无半句下文；我亲耳听他沉痛地呐喊："这是要把国家搞成什么？"别看父亲体质瘦弱，可他是非分明、疾恶如仇，铜枝铁干无媚骨，不管形势多么复杂、多么混乱，他头脑清醒不盲从，更不做违背良心良知的事情，有传统知识分子的风骨。

"四人帮"祸国殃民的邪恶凶残，令这个正直的作家深恶痛绝。任风云变幻、黑云压城，他铁骨铮铮，宁折不弯。十年动乱、头戴荆冠,他不跟形势修改自己的抗战作品,一字不动,宁可沉默,不昧天良;任污蔑辱骂,不求助于位高有势的权威、新贵以求"解放"。他浊清分明,耻于跟那些帮派文字登在同一版面。

书衣残帛记心语,旧牛皮纸封皮上一段段语句,犹如日记,倾吐出他内心多少积郁忧愤。

父亲极其尊崇热爱鲁迅先生,诗人田间在艰苦的条件下曾赠他"横眉冷对千夫指,俯首甘为孺子牛"两寸宽窄纸对联,与他相互激励。

我记得与父亲谈话,涉及先生的照片集、作品,只要提到鲁迅先生,父亲神情声音便立时充满了仰慕与崇敬,双眼闪现出钦敬的光芒。

鲁迅先生伟大的人格,对民族强烈的责任心,疾恶如仇、爱憎分明的战斗精神,对文学事业至死不渝的耕耘努力,是父亲一生的楷模。父亲晚年依然忧国忧民,关心国家精神文明建设,捍卫民族文化与自尊。他认为"文化大革命"首先破坏的是文化,文化的含义很广,它包括中国的历史和传统,道德和伦理,法律规范和标准,"文化大革命"破坏污染了人的灵魂,流毒深远,一时难以复原。"文革"以后,国民的文化素质,呈急剧下滑状态。为了捍卫民族语言的纯洁性,回击随意践踏中华民族语言的一股邪流;为了抵制那些说起来很时髦,听起来以为很潇洒,实际上对青少年成长极为不利,甚至诱导犯罪的口号;为了揭露某些作品媚俗、色情、暴力等精神污染给社会带来的种种危害;为了用美好高尚的文学作品为青年一代提供优秀的精神食粮,托起祖国明天的希望,这位年高体弱的抗战老战士,仿佛又听到祖国民族的召唤,以凌厉的战斗姿态,披坚执锐,跃马扬鞭,驰骋疆场,一往无前。

书生模样,战士情怀,君子本色。晚年父亲抨击文坛不正之风,无私无畏，哪怕孤军作战，腹背受敌决不退缩，决不投降！正如诗坛泰斗臧克家先生称赞孙犁那样：批判文坛不正之风，少有顾忌，直抒胸臆，"具有卓然而立的精神"。

　　无论小说、散文、诗歌、剧本，孙犁先生的作品都能给人以美的享受，如同没有被污染过的纯正的粮食一样，别样甘甜、香醇。

　　父亲的散文，是他一生默默耕耘的悠长的犁歌。从小小少年在育德中学刊物上发表习作开始，到耄耋之年仍挥毫不辍，一时一事一景一情，无不记下自己的足迹、时代的弦歌。耕堂散文清雅质朴，意境深邃，个性突出，文字练达，富含哲理，真情毕现，是他人生历程鲜活的记录。

　　"感情的真挚与文字朴实无华是写好散文的要素。"这是父亲在《论散文》中强调指出的。他自己也遵循了这一要旨，正因如此，他的许多名篇名段至今仍被他的读者津津乐道、默默涵泳，具有春草夏荷般的生命力。

　　不论是他的"病期琐谈"还是"芸斋梦余"，不论是"往事漫忆"抑或"乡里旧闻"，他纯熟的白描手法、寓意深远的抒情、含蓄多弦外之音的表达、简洁朴实的语言素为研究者所称道。

　　读父亲的散文，尤其是晚年之作，常常让我流下感动的泪水，就是因为感动于《亡人逸事》，父亲不弃糟糠、对妻子至深情感，2003年5月我写出了《摇曳秋风遗念长》一文。其实有些篇章，父亲新写出来后自己也一遍遍诵读、背读，自己也不禁流出对文学神圣力量感动的泪水。历经战乱流离、天灾人祸，荣辱沉浮、病痛折磨，写作是对他的慰藉、同情和补偿，无可替代。他常常在寂寞、痛苦、空虚的时刻进行创作，他常常在节假日别人欢喜游乐时进行创作，他常常在深夜月光下、在别人休息酣睡时进行创作，全身心投入使他忘记了病痛。

　　"子夜荧荧，灯昏欲蕊；萧斋瑟瑟，案冷凝冰。集腋为裘，妄续《幽冥》之录；浮白载笔，仅成孤愤之书。"父亲晚年以古人顽强创作心志，远离红尘闹市在孤独寂寞中著书，在他书房的书柜上有台灯，在他睡觉的床头有台灯，月光不知为他伏案窗前投下多少光亮。

坎坷际遇，沧桑容颜；苦辣酸甜，乡情浓酽；战友情深，依依难忘；怀思清幽，情凝笔端。"创作贵有襟怀，有之虽绳床瓦灶，也无妨文思泉涌；无之，虽金殿皇宫，也无济于事的。"父亲在《远道集》"宾馆文学"文中这样慨叹。他的《荷花淀》写于延安窑洞，马兰草纸、自制墨水、油灯摇曳、木板搭床、砂锅瓦罐、伙房打饭，他自得其乐。在他晚年，箪食瓢饮、老屋陋巷亦铸华章。

时间是最严厉也是最公正的评判者。

父亲一生没有大红大紫，许多作品还经常受到指责和批判。《铁木前传》更让他背负骂名，九死一生，家破人亡。"十年荒于疾病，十年废于遭逢。"只要能拿起手中笔，他就会写作，倾吐心声。历经岁月的洗礼，大浪淘沙，如今他的作品被更多的研究者所称道，为更多的读者所欣赏，曾被他自己定位"我的作品寿命是五十年"的期限已经大大超过，安息于天国的他应感欣慰。

白洋游子　故园情深

由于父亲写过《荷花淀——白洋淀纪事之一》《芦花荡——白洋淀纪事之二》《白洋淀边一次小斗争》《采蒲台的苇》《一别十年同口镇》《白洋淀之曲》（诗歌）《莲花淀》（剧本）等多种文学形式的有关白洋淀的作品，有不少读者误认为他是白洋淀人、衡水人。其实父亲的老家是河北省安平县东辽城村，距离白洋淀还有一段路程。对故乡，12岁就外出求学的父亲一往情深，故乡的乳汁、故乡的恩泽在他身上和作品里都打下了深深的烙印，

"梦里每迷还乡路，愈知晚途念桑梓。"愈到晚年他思乡愈切。父亲家乡临近滹沱河，经常旱涝不收。虽不富庶，但生养之地民风淳朴。在父亲的晚年文字中，《度春荒》《童年漫忆》《蚕桑之事》《听说书》《第一个借给我〈红楼梦〉的人》《贴春联》《父亲的记忆》《母亲的记忆》《老家》《鸡叫》……皆饱含深情。童年与小伙伴们的野地追逐，乡风民俗，老屋炊烟，亲情挚爱，哪一样不让白洋淀游子怦然心动，魂牵梦萦？安平，古称博陵郡，历史悠久，是革命老区，因"众官民安居乐业且地势平坦"而得名。这个吉祥的县名，小时候常听父母念叨。如今的安平县，发生了巨大变化，已成为闻名中外的"丝网之乡"。

如果现在走进河北省安平县父亲的故乡，无处不在的"孙犁故里"安平精神与孙犁精神融为一体，您一定会被这里强烈的爱国爱乡氛围所震撼。"孙犁纪念馆"由前文化部长、著名作家王蒙先生亲题，"纪念孙犁书画苑"由著名作家贾平凹先生亲题。沈鹏、欧阳中石、霍春阳、从维熙、徐光耀、梁晓声等国内180多位著名书画家、作家捐赠作品展出。重新修盖的"孙犁故居"四字匾额由诺贝尔文学奖得主莫言先生亲书。故居内设八块孙犁作品碑林，展示其文学业绩。在安平烈士陵园则有父亲亲手撰书的"英风永续"四个大字，他亲自撰写的《三烈士事略》英烈事迹也垂教后来，诵颂百代。文韵荷香，铁肩担道义，妙手著文章。故乡人民以他为骄傲，这位一生心系故土的作家，家乡人民永远怀念他。

父亲生前极为关心学生教育问题，关心青少年成长环境。他关心家乡子弟读书学习的事迹至今在河北省安平县广为传颂。

父亲一生不喜仕途，远离官场，晚年更是足不出户，囿于耕堂之地，不爱出头露面开会应酬。在天津，对那拿着一沓子钞票找上门来的求他题写饭店匾额的老板拒之门外，一字不供。可他

1983年为天津市少年儿童基金会捐款2000元（那时候写一本散文集稿费是600元~700元，需写一年）。后又将家乡祖产大小五间房屋，片瓦不留，全部捐给乡里办学并捐资；先后为安平中学、安平县"大子文乡中学""孙遥城小学"题写校牌，题字。一方面是对故乡难以割舍的感情，一方面是对家乡莘莘学子的爱护与期望。"祖宗的烙印我是从安平土地上产生出来和走出来的。"父亲如是说。

　　1953年，父亲曾回乡为安平中学学生传艺授课，讲《如何写作》之课题，当时有30名由学校精挑细选出来的学生听课。回津后，父亲又给学校寄去包括鲁迅、冰心在内的多种经典名著，还有自己的作品。他特别关心县里的文化教育事业，希望县领导千方百计地以教育的繁荣和发展来保证乡亲们尽快地富裕起来，日子一天比一天好。

　　如今，孙犁先生手持书本4.6米高的汉白玉立像矗立在安平中学孙犁广场，长青植物映衬着松柏后凋的品格，黄色的菊花寓意着"人淡如菊"的布衣精神；底座"孙犁"二字由中国作家协会主席铁凝亲题。

　　水秀地灵华北明珠白洋淀地区曾是冀中抗日根据地，虽然不是父亲的生身之地，但它是父亲重要的第二故乡。正是由于有在白洋淀边一段教书难忘的宝贵的生活经历，才能使父亲在文学生涯里形成了重要的白洋淀系列。1958年由康濯伯伯帮助病中父亲编辑的《白洋淀纪事》由中国青年出版社出版，初收54篇孙犁小说散文，此后多次再版。1981年2月，父亲在为友人姜德明同志所藏精装本《白洋淀纪事》题字时这样写道："君为细心人，此集虽系创作，从中可看到：一九四〇年到一九四八年间，我的经历，我的工作，我的身影，我的心情。实是一本自传的书。"

晚作十种　激浊扬清

"衰病犹怀天下事，老荒未废纸间声。"晚年父亲的《晚华集》《秀露集》《澹定集》《尺泽集》《远道集》《老荒集》《陋巷集》《无为集》《如云集》《曲终集》十种作品集一一问世。他不忘文学的崇高使命与作家的神圣职责，发扬并丰富了我国革命文学的现实主义传统，以深邃之思想，创新之文体，鲜明之艺术风格及炉火纯青之文字，为商品经济下的当代中国读者构筑了一座守望自我与真善美的精神家园。1995年5月30日，父亲在耕堂亲自抄录了作家曾镇南先生写给他的一本嵌十本小书名的五言诗，并送给了我。

父亲录后写道："余衰病之年，曾君镇南屡作关怀之辞，近又作五言一首嵌拙作十书于内，诗有魏晋风神，声音清越，喜而录之。"

那天上午，父亲抄录完此诗受到鼓舞，心情喜悦，连年劳苦不觉一扫，顺手将此书幅递给了我，今愈知其宝贵胜金。父乃谦谦君子，没有张扬发表造势之意，唯有默默留作纪念之心。经自己练笔多年感悟，方知父亲连续奋战十三个春秋，孜孜矻矻、不眠不休、日夜兼程、焚膏继晷之万般辛劳。

淡泊名利　德谦行逊

回眸历史，70年前，1945年5月15日（当时报纸上刊登的是"中华民国三十四年"），在延安《解放日报》当天报纸第四版右上角登出一篇五千字左右的小说，题目是《荷花淀——白洋淀纪事之一》，版式竖排。开篇那段著名的"月亮升起来，院子里凉爽得很,干净得很,白天破好的苇眉子潮润润的,正好编苇。苇眉子又滑又细,在她怀里跳跃着……"伴着诗一样的语句,一个质朴、宁静、勤劳、柔美的冀中青春妇女形象一下子跃入人们的眼帘……一个富有传奇人生色彩、将生命附丽于文学的作者瞬间迸发出耀眼的光华。那简洁明快的语言,那巧妙的构思,那充满浓郁的生活气息的对话,那新鲜的创作手法,尤其出自年轻的妻子们口中的埋怨与谑语,更是出神入化,令人称绝。这篇小说不仅是一首令人心神陶醉的抒情乐曲,而且称得上是一支振奋人心鼓舞斗志的战歌。

不同凡响的稿件犹如一块石头投入平静的湖水,激起不小的浪花,当副刊编辑方纪拿到这篇稿件时高兴得差点儿就跳了起来,报社整个编辑部都为之轰动。发表后,更是好评如潮。随着美誉传陕北,人们知道了作者的名字,这是接受上级命令奉调从冀中步行千里奔赴抗日中心的一名原华北抗日联大的教员,他现在是延安鲁艺的研究生,第六期的学员,他的名字叫"孙犁"。这位从冀中走来的年轻作者,从此蜚声文坛。"清新庾开府,俊逸鲍参军",兼有现实主义与浪漫主义美学风格的《荷花淀》迅速被重庆《新华日报》和解放区的各报相继转载,新华书店和香港书店又分别收集了他的其他作品出版了《荷花淀》小说散文集。此后以《荷花淀》命名的版本不断问世,至今印刷不衰。

凡读过此文的读者,总有这样深切的感受,爱国的情怀充溢着身心;浓密的芦苇是军民筑起的长城;挺出水面的荷箭,是射向日本侵略者的武器;小船上几个年轻妇女,正警觉着四周动静;潜伏在硕大荷叶下的八路军战士正准备开展一场针对鬼子的生死歼灭战。

至今,《荷花淀》巨幅彩色壁画陈列在中国现代文学馆大厅显著位置,彰显着这篇文学经典与作者在中国当代文学史上的地位。《荷花淀》不是从血与火、你死我活的残酷战争场面，而是从人性美人情美的另一个角度解读人民战争。它不仅以它独有的艺术魅力吸引着几代读者阅读、欣赏，更是列入了全国语文统编教材和大学文科现代文学必读书目；也曾多次列入中学语文课本，而今正向青少年阅读领域迈进。

据我所知，1945年在延安，毛主席读了刊登在《解放日报》上的短篇小说《荷花淀》之后，用铅笔在报纸边白上写下"这是一个有风格的作家"给予赞赏。

我十几岁时有幸与父亲就《荷花淀》的写作问题进行过面对面的交流，那简短的对话成为我向父亲求教写作知识最珍贵的记忆。他那从容的回答，喜悦的神情，受了赞扬有些腼腆的样子，深深地印在女儿心里。我总的感觉是他在西北风沙很大的黄土坡上写了淀水荷花，所以延安的人们喜欢看；他在"那里的作家都不怎么写"的情况下（刚整风完）标新立异，所以受稀罕；当时他写作条件不好，可是写得很顺，得心应手，一气呵成。父亲的原话是："在窑洞里，就那么写出来了，连草稿也没打。"对名著的诞生，他说得轻如风淡如水，没有标榜，没有炫耀，没有拔高，没有自得。

20世纪40年代，父亲的《丈夫》和《区村和连队的文学写作课本》获晋冀边区文联鲁迅文艺奖；20世纪80年代父亲荣获全国老编辑荣誉奖，1986年11月获全国新闻工作者协会荣誉证书；1989年4月《孙犁散文选》荣获全国优秀散文（集）、杂文（集）荣誉奖；1983年至1988年，《远道集》《谈作家的素质》《耕堂序跋》连续三次获天津市鲁迅文艺奖；1986年至1990年，《谈照相》《一个朋友》《近作之写》等三次获《羊城晚报·花地》佳作奖。1995年8月15日，中共天津市委宣传部在纪念抗战胜利和反法西斯战争胜利50周年之际，为表彰他自抗日战争以来为革命文艺工作做出的贡献，颁发给他"抗战文艺老战士"荣誉证书。这些荣誉父亲生前从没跟我提起过，是我整理他的遗物时收集的。

大约1996年、1997年前后，有一次父亲跟我说："我不同意'南有谁谁，北有谁谁'的说法。人家是人家，我是我。"据我所知，"南有某某，北有某某"在戏剧界、美术界早有这种提法，如"南有麒麟童，北有马连良""南有张大千，北有溥心畲"等等。凡能有这种提法的，都是名气非常大、艺术造诣极深的人物。"南有巴金，北有孙犁"这一盛誉谁不景仰？而父亲坚决不接受这种提法。他觉得巴金先生那么大成就，自己比不了。如同他坚决不同意说他是"荷花淀派"创始人的说法一样，对别人求之不得送上门的顶级荣誉他拒不接受。1962年，49岁的父亲便写过《自嘲》这首诗："小技雕虫似笛鸣，惭愧大锣大鼓声。影响沉没噪音里，滴澈人生缝罅中。"他敢于把自己一生中的不足、缺点都写进文章，谦谨好学、不浮不躁、实事求是伴随了他的一生。他把自己看作一滴水，只有融入江河，流向大海才不会枯竭。

桃李不言　下自成蹊

2011年11月5日，由中国报纸副刊学会与天津日报社联合主办的"2011孙犁报纸副刊编辑奖"在天津静海县颁奖。这也是天津文艺界、新闻界的一份荣光。父亲虽然离开了我们，但他甘为他人做嫁衣、甘为人梯、做铺路石的无私奉献精神将激励副刊工作者奋发向前，创造辉煌。

进城后，父亲是《天津日报》的创始人之一，在长期从事文艺副刊编辑工作中，倾注心血培育新苗，他以《天津日报·文艺周刊》为园地，与同仁共同培养了很多文学幼苗成长为参天大树，已成文坛佳话。但他从不以文坛伯乐自居，更不当状元的老师。看到年轻人从自己这个低栏跳过，他由衷地感到高兴。他以书信为载体，与多位青年作家、编辑保持联系，对他（她）们进行写作上的鼓励，被誉为"我国报刊史上一代编辑典范"。

父亲愿化作"尺泽"，润泽过往善良的鸟兽，他的这种精神，就是奉献精神，园丁精神。2013年，著名作家从维熙先生在为拙作《逝不去的彩云》一书所作序中写道："从文学的视角去寻根，我也是孙犁这棵文学巨树的一片树叶。孙犁作品不仅诱发我在青年时代拿起笔来，而且在我历经冰霜雨雪之后，是继续激励我笔耕至今的一面旗帜。不只我一个人受其影响，而踏上了文学笔耕之路，仔细盘点一下，真是可以编成一个文学方阵了——这是老一代作家中罕见的生命奇迹。"

一生爱书　不离不弃

父亲深厚的文化积淀与广博的学养来源于中外优秀典籍之馈赠。与父亲在一个城市共同生活这么多年，感受最深的是他对书的感情。

他对书一往情深，从年轻时脖颈上套着装有鲁迅先生作品的布包行军打仗、跋山涉水，与身上背的干粮、墨水瓶一样行止与俱，有空就读，到老年坐拥书城，满室书香，每本心爱之书不是有书衣便是有书套，舒舒服服待在书柜里，他为之掸尘、补缺，他为书衣写字题跋，视若"红颜知己"，不离不弃，白头偕老。他与书是一生结缘、心心相印。

他嗜书如命、喜欢读书仿佛是与生俱来的。我母亲说他对书"轻拿轻放，拿拿放放""最待见书"。他自己跟我说，报社爱打扑克的人有句口头禅：孙犁搬家——净书（输）。

好的书籍对于父亲不是消遣、不是娱乐，他自己曾写过：书给他以憧憬，给他以营养，给他以力量，给他以启示，使他奋发，使他前面有希望，使他思想升华……他视好的书籍为指路明灯、精神的栖息地。

在艺术探索的道路上，父亲就像摆在他书柜上的那匹驮着绿色水囊的唐三彩骆驼一样，不畏艰难，跋涉大漠，仰天长啸，奋勇直前。父亲晚年独居静室，"素处以默，妙机其微，饮之太和"，广泛吸收着中华典籍丰美优良的传统文化精华，自由翱翔于文字时空，沉浸于清纯、悠远的创作境界。

父亲是令人钦敬有真才实学的学者型作家，德、才、学、识兼备，集小说家、散文家、理论家、批评家、诗人于一身，有多方面的艺术才能。他的文艺理论、文艺批评见解精湛，读其文论"可兼得学问、见识、文采三者之美"。一些精辟、精彩之句，常为文学爱好者背诵摘抄、引用学习，成为文学入门必读之章。他的大量有关读书的文章深入浅出、观古知今，文字清峻古朴，有浓郁的文人气质，有其独特的艺术欣赏趣味。

他的诗歌有散文之美，以记事为主，发哲人之思，是他"处世的情怀之作"。父亲从小便与诗词相伴，读诗、写诗求知萤火边。早年流浪北平，他获得的第一笔稿费五角钱也是因诗而得。他的诗中我最喜欢《自嘲》《悼念小川》及《大星陨落》《生辰自述》中的四言诗。其古体诗《悼内子》是写给我母亲的，令我今生难忘永怀于心。"雕虫蒙记忆，烹鲤问沉绵"，他的书信近年被广泛搜集，通信人众多，友人、作家、文学评论家、编辑、文学爱好者、同学、青年学生、家乡校长、县领导等等，内容极为丰富，其中有多封涉及文学创作方面的交流探讨，尤为可贵。

他的"芸斋小说"，是个人切身经历的情感体验。还有不少的杂文、随笔，以犀利的笔法，剖析国民品性，针砭假恶丑，呼唤真善美的回归。

彩云即使随风流散，也会化作春雨润物细无声；飘落的黄叶，即使归入泥土，也会化作春泥护花红……

2015年5月23日是父亲生辰之日，如果他还活着，是102岁。他属牛，笔名芸夫，他一生就像一位田间戴笠的老农执犁扶耪，不怕风吹日晒，不惧冰雹霜雨，默默耕耘，春种秋收。"文章能取信于当世，方能传世于后代。"我相信他用毕生心血汗水凝结不欺人、不自欺的心灵文字，充满"真诚善意，名识远见，良知良能，天籁之音"的道德文章，会继续散发出人品与文品完美结合之双重魅力，润泽滋养更多读者的心灵，为书香社会增添正能量，引导更多的文学爱好者走进文学曲径通幽、姹紫嫣红的艺术园林。

2015年4月28日

目 录

少年鲁迅读本 …………………………………………… 1
邢　兰 …………………………………………………… 16
丈　夫 …………………………………………………… 22
光　荣 …………………………………………………… 29
懒马的故事 ……………………………………………… 45
童年漫忆 ………………………………………………… 47
老　刁 …………………………………………………… 52
菜　虎 …………………………………………………… 55
外祖母家 ………………………………………………… 58
瞎　周 …………………………………………………… 60
楞起叔 …………………………………………………… 63
根雨叔 …………………………………………………… 65
吊挂及其他 ……………………………………………… 68
大嘴哥 …………………………………………………… 72
大　根 …………………………………………………… 75
报纸的故事 ……………………………………………… 78

牲口的故事……………………………………… 82

猫鼠的故事……………………………………… 85

昆虫的故事……………………………………… 88

鞋的故事………………………………………… 90

吃饭的故事……………………………………… 94

钢笔的故事……………………………………… 96

母亲的记忆……………………………………… 99

父亲的记忆……………………………………… 101

晚秋植物记……………………………………… 104

鸡　叫…………………………………………… 108

菜　花…………………………………………… 110

吃菜根…………………………………………… 113

记春节…………………………………………… 115

楼居随笔………………………………………… 117

编后记……………………………………………… 122

少年鲁迅读本

第一课　家

　　西历一八八一年（民国前三十一年）九月二十五日，鲁迅诞生了。他的家在浙江省绍兴县城里，东昌坊口地方。他原名叫周树人，鲁迅是他后来写文章的"笔名"，小名叫樟寿。那时他的家境还好，十二三岁的时候，他的祖父周介孚因为一桩事情下狱，他的父亲周伯宜又得了重病，家境就坏下来了。父亲病着的时候，鲁迅每天带了母亲的首饰到当铺去换了钱，又到药铺去买药，这样过了三年。十六岁的时候，父亲去世，照中国的习惯，他是长子，就得担负起很多痛苦的责任了。家境贫寒，有很多债务，一个寡老的母亲，几个弱小的弟弟，这就像许多绳索抛在了他的身上。

　　鲁迅却从家里走出来。他有这个见识和勇气。鲁迅后来写过一篇文章叫：《家庭中国人之基本》。他说：家庭是一个人的生所，也是一个人的死所。因为中国人有个老见解是"热土难离"，谁也不愿意"离乡背井"。可是在旧社会里，老在家里就是把自己装进牢狱，一生被女人孩子拖累着，不能做什么事业，有什么创造。

　　所以，虽然母亲老了，弟弟又小，鲁迅也下决心离开了家，去开辟他的新的、有意义的生活道路。直到后来,他写文章、做事、革命,都是把家庭看得很轻,把事业看得很重,绝不肯叫家庭牵累坏了自己的前途。这样,他的身子是自由的,意志是向上的,才胜利了。

一个有志气的少年,在美丽的年华里,建树一个高大的生动的理想,一直奔向社会,奔向人生的战场去了。家能给他什么呢?

第二课　姥姥家

我们小时,都愿意跟母亲到外祖母家里去做客。鲁迅的外祖母家住在绍兴城外安桥头,外祖母家姓鲁,那里是乡村,鲁迅幼小时候,常跟随母亲到那里去和大自然的美丽风景接触,和乡村的儿童玩耍。这留给鲁迅很深的印象,对他有很大的影响。他后来写过一篇文章叫《社戏》,里面描写乡村景色,孩子们乘船、看夜戏、煮豆子吃,实在写得动人,都是安桥头的故事。鲁迅从小爱好自然、田野、树木和天空,这些都属于他的祖国,因此,他更爱他的国家了。

外祖母活着的时候,鲁迅去了,自然很受欢迎,那些表兄弟们、舅舅们有好东西让他吃,看戏的时候让他占好座位。鲁迅十二岁的时候,外祖母死了,亲戚家就冷言冷语地说鲁迅是个"讨饭吃的",小要饭的啊!鲁迅不能容忍别人对他的侮辱,就回到家里来,要自己独立起来生活。

鲁迅小时遇到家境衰落,天天跑当铺,受人的白眼和侮辱。困难的境遇使他下决心去改造社会,他的努力不是为了自己一个人不受侮辱,是为了那一群穷苦的人永远不受侮辱。

鲁迅更努力读书了。知识对一个人是很重要的,因为他能帮助你去开发生活。鲁迅一生性格很刚强,自己开创生活的大道,就因为他能时时刻刻追求新的知识,那些对生活有用的知识,书本上的,或者是社会上的。

第三课　小伙伴

鲁迅幼小时，家里的人和亲戚都叫他"胡羊尾巴"，是称赞他又小又灵活。他和小伙伴们到田地里去捉草虫，到河边去钓鱼虾。他对小伙伴很有感情，他有一个妹妹生下来十个月就死掉了，那时他才八岁，就在屋角暗暗哭泣起来了，母亲问他，他说："为妹妹啦！"

这个感情一直保持到老。鲁迅常说中国的孩子很苦，不得温暖，没有玩具，受不到科学的教育。鲁迅在幼小时候虽然也像别的孩子一样，生活在父母的愚腐的教育里面，可是他已经知道去探寻新的知识和新的生活了。鲁迅记着孩子们没有偏私的坏心，摘豆角的时候，都主张到自己地里去摘，大家知道亲爱。

他好玩耍，可是没有成为一个无知识的儿童。他还知道冷静地看一看周围的人、身边的事。他有一个邻居女人，见他和别的孩子摔跤，就鼓动他们把头在石头上去碰，后来又劝他去偷母亲的钱，但是鲁迅没有听她。

鲁迅后来住在上海，看见上海穷人的孩子们的生活更苦，连个玩具也没有，女孩子们很小，便得在脸上抹粉，去找饭吃。上海抗战的时候，日本军队残杀中国孩子们，孩子们流浪在敌人烧毁的烂砖碎瓦上面，鲁迅深深苦痛，写文章叫孩子们也要知道国家的仇恨，要报复。

他反对那些教育家，把孩子们训练成绵羊似的，不知道自己的仇恨，不敢去报仇雪恨。他就翻译了爱罗先珂的和别人的童话，那里面讲说鹰的故事，虎的故事，争自由的故事，不愿居住在牢笼里的故事。

第四课　私　塾

鲁迅六岁的时候就入了私塾，老师是他的一个堂祖父周玉田先生。一进校门，就念《鉴略》，这是一种简单的历史书，专为启蒙的儿童编的，是古文，很难读难记。这些书记的都是古代人的事情，又是一些帝王、大官、皇后们的私人生活。这叫一个穷孩子读起来，做梦也不能见到那些事情的真相，可是一定要能背诵过哩！

就有一回，是附近一个大庙会的日子，鲁迅家里的人要去赶庙看戏了，船也雇好了，食盒全搬到船上去了，可是鲁迅还得站在院子里念书，他父亲命令他非得把那一段书背诵过，不准他去看戏。一家人全都看着他，替他着急，他一边看着人们全换上了新衣服，来来往往地往船上搬东西，可是他还要硬着头皮背书，他真要哭了。

父亲一定要逼着他背过，直等到他背过书了，也筋疲力尽了，才叫他上船去，还告诉他回来的功课，又大大申斥一顿，这样，谁还有心思去看河里的热闹，庙会上的风光呢？鲁迅呆呆地玩了半天，头脑重重地回家来了，丝毫也得不到游玩的乐趣。

父亲就是这样的要子弟硬着头皮背书，希望他能光宗耀祖。这样逼得孩子们面黄肌瘦，闲时没有游戏的快乐，忙时也没有读书的快乐。这样把一个人的美丽的幼年的岁月，昏头昏脑地度过去了。

鲁迅十二岁的时候，到寿镜吾先生的三味书屋里去读书，他念诗经，上面有些鸟、草虫的名字。鲁迅猜想，书上那鸟名，是不是天上飞的那种鸟？或者是不是后园里的那种草虫呢？一次，他问了问先生，就受到先生的训斥，说他不用功，只贪玩耍。鲁迅就只好死记那些鸟的名字、虫的名字，不能在实际的生活里看到它们的真相。

虽然先生这样，父亲那样，鲁迅还是开辟了自己求真的知识、活的知识的道路，他还是最爱好后园里那些小动物，看着它们生活、玩耍、生殖和工作。他后来很爱读法国大科学家法布尔的《昆虫记》，还想把它全部翻译过来，那书就是很活泼的有趣味的昆虫世界。他读了望·蔼覃的《小约翰》、爱罗先珂的《桃色的云》，那上面就说着一个草虫怎样会歌唱，一个青蛙怎样好清洁，一朵花怎样保护了自己的美丽，这些东西多么纯洁，有向上的意志，和环境奋斗着。

第五课　图画书

不管是鲁迅的父亲或者是他的老师，教给他的读书的方法，就是读书，读书，"读着，读着，强记住——而且要背出来……"这样，鲁迅在当时强记住了，过一会儿就忘记，因为是强记住的，一不小心，就从小心眼里飞跑了。可是，一个孩子记住那些古怪字眼、生疏句子，是多么不容易？头里要伸出许多铁钳，才能把它们夹住。

虽然先生有一条戒尺，有罚跪的规则，有骂人的嘴，有瞪大吓人的眼睛，可是稍稍一放松，鲁迅就偷着去画画儿了。书上的字，他不懂，没兴味，画个小人儿什么的，倒亲近些。在三味书屋，他用一种荆川纸蒙在小说上的画像上，一个个描下来，像习字时候的仿影一样，画了一大本《西游记》和《荡寇志》。

幼小时候的鲁迅，就养成爱好美术的习惯，现在我们的国语自然上，有很好的画了，鲁迅上学的时候，是专读"人之初，性本善"的，有许多孩子读得枯燥得要死了，只能偷着看第二页上那个恶鬼一样的魁星，来满足他们幼年的爱美的天性，这样他们也欢喜了。

鲁迅有一远房的叔祖，是一个胖胖的、和蔼的老人，爱种一点花木，还有许多画图的书，他和鲁迅说，以前有一部《山海经》，上面画着人面的兽，九头的蛇，三脚的鸟，生着翅膀的人，没有头、拿两乳当眼的怪物……可惜没有了。鲁迅吃饭睡觉也想念这部《山海经》。

后来他的保姆长妈妈给他买来了这有画儿的《山海经》，真把他高兴极了。他一生爱好书，他想读的书，就百般努力找来读，找来抄，当作宝贝。

第六课　童　话

鲁迅译了好多本童话，叫我们在幼小时就有了很有趣味的书读。他会讲故事，是个最好的小说家；他更会给孩子们讲故事，写文章常常会插进一段有趣味的故事。有一回他说狗和猫为什么结了仇恨，他说：

"据说，是这么一回事：动物们因为要商议要事，开了一个会议，鸟、鱼、兽都齐集了，单是缺了象。大家议定，派伙计去迎接它，拈到了当这差使的阄的就是狗。'我怎么找到那象呢？我没有见过它，也和它不认识。'它问。'那容易，'大众说，'它是驼背的。'狗去了，遇见一匹猫，立刻弓起脊梁来，它便招待，同行，将弓着脊梁的猫介绍给大家道：'象在这里！'但是大家都嗤笑它了，从此以后，狗和猫便成了仇家。"

鲁迅的祖母常讲故事给他听，夏天的夜晚，鲁迅躺在一株大桂树下面的小板桌上乘凉，祖母就摇着芭蕉扇坐在旁边，给他猜谜讲故事，有一回给他讲猫是老虎的老师的故事。

可是鲁迅很不愿意听那些说鬼说怪，吓唬小孩子的故事。有一回他的长妈妈给他讲了个美女蛇的故事，说有一种妖蛇，能叫人的名字，人一答应就死了，这样吓得鲁迅连自己家里的后园也不敢去了，因为长草里面蛇是很多的。

他家那个后园叫百草园，是鲁迅幼小时的乐园；后来，他描写那园的可爱处：

"不必说碧绿的菜畦，光滑的石井栏，高大的皂荚树，紫红的桑椹；也不必说鸣蝉在树叶里长吟，肥胖的黄蜂伏在菜花上，轻捷的叫天子（云雀）忽然从草间直窜向云霄里去了。单是周围的短短的泥墙根一带，就有无限趣味。油蛉在这里低唱，蟋蟀们在这里弹琴。翻开断砖来，有时会遇见蜈蚣；还有斑蝥，倘若用手指按住它的脊梁，便会拍的一声，从后窍喷出一阵烟雾；何首乌藤和木莲藤缠络着，木莲有莲房一般的果实，何首乌有臃肿的根。有人说，何首乌根是有像人形的，吃了便可以成仙，我于是常常拔它起来，牵连不断地拔起来，也曾因此弄坏了泥墙，却从来没见过有一块根像人样。如果不怕刺，还可以摘到覆盆子，像小珊瑚珠攒成的小球，又酸又甜，色味都比桑椹要好的远。"

鲁迅讲过很多故事，是为了叫我们从这里知道科学的知识，人生的知识，自然界的知识，对我们的生活和工作，都有用处。当中国受到日本的侵略，政治和国家需要改革和建设的时候，他就又讲了儿童们怎样学习作战，怎样建立工厂，繁荣村庄的故事。

第七课 环　境

鲁迅小时，家里给他找一个保姆，就是那个长妈妈。这个长妈妈，老理可多哩：

小孩子最快乐的时候，自然是大年除夕了，可是就在这天晚上，长妈妈要给鲁迅上功课了，要他明天清早起来，第一句话就对她说："阿妈，恭喜恭喜！"

这个长妈妈教给鲁迅很多道理，比如说人死了，不该说死掉，必须说"老掉了"；死了人、生了孩子的屋子里，不应该走进去；饭粒落在地上，必须捡起来，最好是吃下去；晒裤子用的竹竿底下，是万不可钻过去的……

长妈妈不许鲁迅走动玩耍，拔一株草翻一块石头，就说是顽皮，要告诉母亲去了。可是晚上睡觉，她把地方全都占了去，把鲁迅挤到席子角上，还把一条胳膊搁到鲁迅的脖子上。

长妈妈叫这样一个小孩子，就得按着大人的走路方式走路，吃饭的方式吃饭，叫作"少年老成"。叫小孩子走她的旧道路，听她的老道理，不许孩子有什么新的创造。

有一个长辈送给鲁迅一本《二十四孝图》，要鲁迅当一名孝子。鲁迅却很欢喜上面的图画，长妈妈就又滔滔地讲说上面的故事，鲁迅就扫兴了，他听二十四个孝子的事迹以后，才知道当一个孝子竟这样难。他很讨厌那个老莱子，一个白胡子老头了，故意跌倒，装小孩子哭，欺骗爹娘，还说是孝子哩；还有那个郭巨，竟狠心肯去埋一个亲生的胖胖的可爱的孩子。

还有邻居，鲁迅那一个远房的祖父还不错。这老人喜欢孩子，和孩子们往来，甚至称他们为"小友"，给他们有兴趣的书看。可是那个衍太太，就是一个坏女人，她看见孩子们在冬天大清早起来吃冰，就和蔼地笑着说："好，再吃一块，我记着，看谁吃得多。"孩子们比赛打旋子，看谁旋得多，她就在身旁记着数："好，八十二个了，再旋一个，八十三！好，八十四……"阿祥旋着旋着跌倒了，阿祥的婶母恰恰走过来；衍太太就接着说道："你看不是跌了吗？不听我的话，我叫你不要旋，不要旋……"后来，她又劝鲁迅偷母亲的东西。鲁迅不听她的话，她却散布流言说鲁迅偷了母亲的东西卖掉了。

鲁迅在这些人的身边长大，他能够看清他们的脸，和他们的心肝。他要求新的教育，新的人生，同情和爱情，正直和勇敢，他就从家里走出来了，这时他才十八岁。

第八课　科学知识的重要

到南京，鲁迅进了水师学堂，那是造就中国海军人才的。大门口有两棵高高的桅杆，叫学生练习爬桅，却在下面张起一面网，鲁迅说就是掉下来，也像一条小鱼跌在网里，摔不着的。这一样设备，就叫桅杆失去了原来的意义，练不出真正的技术和胆量来。学校后面本来还有一个水池，叫学生练习泅水，自从淹死了两个年幼的学生，校长就把水坑填平了，在坑边上盖起一座小庙，每逢节令，还请和尚来念经，超度亡魂哩。

那时候中国接受"西学"，就是这么半瓶子醋，迷信还打不倒。鲁迅很失望，就又进了一个路矿学校，学修铁路和采矿，虽然也没有学会，他却更接近了科学的知识。他读了赫胥黎的《天演论》，那是一本很有名的讲动物植物、人类进化的道理的书，接受了进化论的思想。

今天，我们说鲁迅是一个文学家，但他这个文学家也是在科学上给中国启蒙的人，他很重视科学，他介绍了许多科学知识。

我们最需要科学的知识，建设新的国家，科学是顶重要的。虽然我们的父亲和叔叔们，连天为什么下雨也说不清，我们却要努力知道生活上的各种现象、自然界、物理化学的道理。现在我们很小，就该好好演算算术题，研究自然课本，问老师鱼为什么能浮水，鸽儿为什么飞得快的道理；问问老师，地雷怎样做，为什么鬼子一走近它，它就发了脾气，连肚皮也气破？

第九课　老　师

关于先生（老师）的事，鲁迅写过一篇题名《高老夫子》的小说，这位高老夫子真是一个顶坏的先生，上课以前要照一上午镜子，好用长头发把他那鬓角上的疤痕掩盖住；上了讲堂，偷看女学生，忘了讲书，其实他也不会讲书，连题目都讲不清楚；下课以后，就打牌、喝酒，和流氓一伙……

但是，鲁迅在日本仙台医学专门学校求学的时候，却遇到过一个负责任的好先生，这先生叫藤野。

这是一个黑瘦的先生，八字胡，戴着眼镜，挟着一叠大大小小的书，一把书放在讲台上，就用了缓慢而很顿挫的声调讲书，讲的解剖学、骨学。

上了一个星期的课以后，藤野先生把鲁迅叫到他的研究室，他坐在许多人骨和单独的头骨中间问道：

"我的讲义，你能抄下来吗？"

"可以抄一点。"鲁迅说。

藤野先生说：

"拿来我看！"

鲁迅就把抄的讲义交给他。他在第二天就还给鲁迅，还说每一星期要送给他看一回；鲁迅拿回打开一看，很吃了一惊，同时也感到一种不安和感激，原来讲义从头到末，都经藤野先生用红笔添改过了，不但增多了许多脱漏的地方，连文法的错误也都一一订正。这样一直继续到功课完毕。

有一回，鲁迅把一条血管的图画错了，藤野先生就指着，和蔼地对他说：

"你看，你将这条血管移了一点位置了。——自然，这样一移，的确比较的好看些，然而解剖图不是美术，实物是那么样的，我们没法改换它。现在我给你改好了，以后你要全照着黑板上那样的画。"

是这样一个好的、负责的先生。不久，鲁迅因为受到刺激，离开了那个学校，临走时，藤野先生恋恋不舍。

鲁迅后来写道：

"但不知怎地，我总还时时记起他，在我所认为我师的之中，他是最使我感激，给我鼓励的一个，有时我常常想：他的对于我的热心的希望，不倦的教诲，小而言之，是为中国，就是希望中国有新的医学；大而言之，是为学术，就是希望新的医学传到中国去。他的性格，在我的眼里和心里是伟大的，虽然他的姓名并不为许多人所知道。"

而且，他的精神成了鲁迅工作的一种潜在的力量，他的照片，就挂在鲁迅的屋子里，鲁迅每当夜间疲倦正想休息了，在灯光里一瞥见他那黑瘦的面貌，似乎正要说出抑扬顿挫的话来，鲁迅就再点起一支烟，工作下去……

第十课　为了拯救祖国

鲁迅是为什么要离开那个学校呢？他受到了什么刺激呢？

这以前鲁迅因为自己的父亲，被中国的医生用不合理、不科学的治法耽误了病症，又使病人痛苦死亡，就想学医来救护那些病人；又因为他知道日本明治维新，国家富强，是受了新医学的影响，就决心去学医。

那个学校常用电影来讲课，比如关于细菌、解剖的课程。讲课的电影完了，就演时事新闻片子给学生看，那时正当日俄战争，有一天电影上出现了一个中国人，他要被枪毙了，因为给俄国当侦探，被日本军队捕住了。枪声一响，讲室里的日本学生，全呼"万岁"，只有一个学生没有喊，他心里很难过，他是谁呢？那就是鲁迅。他难过的还不是那个被杀的同胞，是因为电影上还有一群中国人，他们在看日本人枪毙中国人，脸上都有痴呆呆的笑容，像在看一种快意的热闹。

到这时他才知道，学好了医术，也不过救好十个百个人的生命，四万万多人的思想，才是最需要医治的对象。

这样他告别了那个愿意传授给他医学衣钵的藤野先生，离开仙台了。从此他要做一个文学家，来改造中国人的思想和灵魂，使他们知道什么行为耻辱，什么行为光荣，什么叫愚昧，什么叫进化，什么是奴隶，什么是自由。他想办一个文艺杂志《新生》，象征祖国的康复，没有成功，他就单独作战……这时他是二十六岁了。

二十八岁，他是章太炎先生的一个学生，加入当时革命团体光复会，开始翻译外国的小说，就是《域外小说集》。

三十八岁，他发表那篇有名的短篇小说《狂人日记》，打击了中国的野蛮的家族制度，旧礼教的种种弊害，他是中国思想革命的急先锋。鲁迅写小说的目的，是指出中国社会的病症，人民的苦痛，引起全国人民觉悟起来改造它，使祖国走向民主的科学的道路。他的主要的小说是《呐喊》和《彷徨》两本书。

第十一课　完全解放了我们

有一个和鲁迅并不相识的少年，写来一首诗，题目是《爱情》。

我是一个可怜的中国人。爱情！我不知道你是什么。

我有父、母，教我育我，待我很好；我待他们，也还不差。我有兄、弟、姊、妹，幼时共我玩耍，长来同我切磋，待我很好；我待他们，也还不差。但是没有人曾经"爱"过我，我也不曾"爱"过他。

我年十九，父母给我讨老婆。于今数年，我们两个，也还和睦。可是这婚姻，是全凭别人主张，别人撮合；把他们一日戏言，当我们百年的盟约。仿佛两个牲口听着主人的命令："咄，你们好好的住在一块儿罢。"

爱情，可怜我不知道你是什么！

许多少年人，就这样被牺牲了。不知道什么是爱，没有爱，没有可爱的人是多么悲哀的事！

现在，我们边区的少年们，才知道爱情是什么了。先爱我们的国家、子弟兵和政府。到了结婚的年龄，政府的法令上订着婚姻自主。许多结婚的门对，代替过去的"天作之合"，写上"自由之花"了。有爱情的生活是比什么也宝贵。

在那时鲁迅就劝告当父母的说：完全解放了你们的孩子，叫他们幸福吧。现在还有没有那样的，一听见"自由"两个字就摇头，还要包办儿女的婚姻的爹娘呢？

关于女孩子们，鲁迅记下几笔买卖女人的账。祥林嫂被卖到深山野墺里，她婆婆得了"八十千"，爱姑的身价是九十只白洋。现在还有没有把女儿看成是赔钱货，或者把自己看成是"女儿的债主"的爹娘呢？

第十二课　格　言

有这样一个少年人，他也有一个家，或者是一个有钱的、能吃得饱饱的家。他有一个爱人，或者是美丽的聪明的爱人吧。他有一个生命，是那样年轻有力，鲜艳光明。可是他知道宝贵生命，不是躲藏起来，害怕战斗；他知道家可爱，不是把家当作绊脚石；他知道爱情，不为一个女人就不去革命。因为那样，生命还有什么用？爱情还有什么价值？

这人就是鲁迅的一个因为革命被枪杀了的青年朋友，名叫白莽。死后，鲁迅在他的遗书上，看见这样四句格言：

　　生命诚宝贵，
　　爱情价更高，
　　若为自由故，
　　二者皆可抛。

第十三课　他写下少年们的历史

中国少年们为了拯救衰弱的苦难的祖国，有光荣的战斗历史。"三一八"，段祺瑞枪杀了爱国的青年们，鲁迅写了文章纪念死者，把他的悲愤传达给中国的青年们作为行动的力量。五个革命的青年，在上海龙华司令部被暗杀了，鲁迅写了文章纪念死者，把他的悲愤传达给中国的青年们作为行动的力量。"九一八"以后，天津的一个青年给了签订卖国条约的卖国贼一个炸弹，卖国贼倒喷了一口狗血，把青年的头颅砍了下来。"一二·九"学生们在刺刀和枪柄里呼号，鲁迅写了文章共同呼号。他的文章使中国的少年们从先烈倒毙的地方跨出新的一步！鲁迅看见一个不满十五岁的姑娘抱着一个竹筒，在马路上奔跑，给抗日的战士募捐，就写了文章，叫全世界看见中国少年人的心，爱国的热诚。鲁迅说：中国的少年和儿童，为了祖国的复兴，拼着稚弱的心力和体力，奔走在风沙泥泞中，冒死在枪林弹雨中，真是不知有若干次了。

他愿意中国的少年们刚强勇猛地前进，在解放祖国的征途上壮大起来，像一只充满战斗力量的小狮子。

第十四课　战　术

毛泽东同志说："无产阶级的最尖锐最有效的武器只有一个，那就是严肃的战斗的科学态度。"

看看鲁迅的传记，看看鲁迅的书，鲁迅就是名副其实的这样一个战士。他知道哪些是敌人，哪些是戴着"亲善的面具的敌人"。他知道敌人的要害，就向那里投枪，他撕破敌人的面具，使他们露出原来的嘴脸。他不中敌人的诡计，立时把诡计拆穿，像拆穿西洋镜一样。他不受敌人、奸细引诱和挑拨；当时，就给挑拨的人死命的一击。狡猾的敌人来叫阵了，他们想刺激一下鲁迅，使他赤着膊子上阵，好暗暗射他一箭。鲁迅懂得兵法，先把铠甲穿好，把战壕掘深，然后走出阵来，一直把敌人攻到水沟里去。敌人跌到了水沟里，就成了一个落水狗。狗在水里挣扎，鲁迅站在岸上，用长竿再把它按进水底，一直到狗停止了呼吸，再不会陷害人、出坏主意，这叫作鲁迅的"打落水狗战术"。因为狗落水了，你就不管，以为胜利，那狗还可以爬上来，把身上的水抖去，跟在你的背后，咬死你，到那时，你才后悔不及哩！

一九四一年

再版小记

　　这本小书是抗日期间，我在晋察冀山里写的，当时在《教育阵地》上连载。一九四六年六月，教育阵地社在张家口把它单行出版，吴劳同志并为它制了六幅图。

　　现在，知识书店把它重印，其中的图画，因为当时印刷的模糊，不能制版，是一个损失。

一九四九年四月十四日

邢　　兰

我这里要记下这个人，叫邢兰的。

他在鲜姜台居住，家里就只三口人：他，老婆，一个女孩子。

这个人，确实是三十二岁，三月里生日，属小龙（蛇）。可是，假如你乍看他，你就猜不着他究竟多大年岁，你可以说他四十岁，或是四十五岁。因为他那黄蒿叶颜色的脸上，还铺着皱纹，说话不断气喘，像有多年的痨症。眼睛也没有神，干涩的。但你也可以说他不到二十岁。因为他身长不到五尺，脸上没有胡髭，手脚举动活像一个孩子，好眯着眼笑，跳，大声唱歌……

去年冬天，我随了一个机关住在鲜姜台。我的工作是刻蜡纸，油印东西。我住着一个高坡上一间向西开门的房子。这房子房基很高，那简直是在一个小山顶上。看西面，一带山峰，一湾河滩，白杨，枣林。到下午，太阳慢慢地垂下去……

其实，刚住下来，我是没心情去看太阳的，那几天正冷得怪。雪，还没有融化，整天阴霾着的天，刮西北风。我躲在屋里，把门紧紧闭住，风还是找地方吹进来，从门上面的空隙，从窗子的漏洞，从椽子的缝口。我堵一堵这里，糊一糊那里，简直手忙脚乱。

结果，这是没办法的。我一坐下来，刻不上两行字，手便冻得红肿僵硬了。脚更是受不了。正对我后脑勺，一个鼠洞，冷森森的风从那里吹着我的脖颈。起初，我满以为是有人和我开玩笑，吹着冷气；后来我才看出是一个山鼠出入的小洞洞。

我走出转进，缩着头没办法。这时，邢兰推门进来了。我以为他是这村里的一个普通老乡，来这里转转。我就请他坐坐，不过，我紧接着说：

"冷得怪呢，这屋子！"

"是，同志，这房子在坡上，门又冲着西，风从山上滚下来，是很硬的。这房子，在过去没住过人，只是盛些家具。"

这个人说话很慢，没平常老乡那些啰嗦，但有些气喘，脸上表情很淡，简直看不出来。

"唔，这是你的房子？"我觉得主人到了，就更应该招呼得亲热一些。

"是咱家的，不过没住过人，现在也是坚壁着东西。"他说着就走到南墙边，用脚轻轻地在地上点着，地下便发出空洞的通通的声响。

"呵，埋着东西在下面？"我有这个经验，过去我当过那样的兵，在财主家的地上，用枪托顿着，一通通地响，我便高兴起来，便要找铁铲了。——这当然，上面我也提过，是过去的勾当。现在，我听见这个人随便就对人讲他家藏着东西，并没有一丝猜疑、欺诈，便顺口问了上面那句话。他却回答说：

"对，藏着一缸枣子，一小缸谷，一包袱单夹衣服。"

他不把这对话拖延下去。他紧接着向我说，他知道我很冷，他想拿给我些柴禾，他是来问问我想烧炕呢，还是想屋里烧起一把劈柴。他问我怕烟不怕烟，因为柴禾湿。

我以为，这是老乡们过去的习惯，对军队住在这里以后的照例应酬，我便说：

"不要吧，老乡。现在柴很贵，过两天，我们也许生炭火。"

他好像没注意我这些话，只是问我是烧炕，还是烤手脚。当我说怎样都行的时候，他便开门出去了。

不多会儿，他便抱了五六块劈柴和一捆茅草进来，好像这些东西，早已在那里准备好。他把劈柴放在屋子中央，茅草放在一个角落里，然后拿一把茅草做引子，蹲下生起火来。

我也蹲下去。

当劈柴燃烧起来，一股烟腾上去，被屋顶遮下来，布展开去。火光映在这个人的脸上，两只眯缝的眼，一个低平的鼻子，而鼻尖像一个花瓣翘上来，嘴唇薄薄的，又没有血色，老是紧闭着……

他向我说：

"我知道冷了是难受的。"

从此，我们便熟识起来。我每天做着工作，而他每天就拿些木柴茅草之类到房子里来替我生着，然后退出去。晚上，有时来帮我烧好炕，一同坐下来，谈谈闲话。

我觉得过意不去。我向他说：

"不要这样吧，老邢，柴禾很贵，长此以往……"

他说：

"不要紧，烧吧。反正我还有，等到一点也没有，不用你说，我便也不送来了。"

有时，他拿些黄菜、干粮给我。但有时我让他吃我们一些米饭时，他总是赶紧离开。

起初我想，也许邢兰还过得去，景况不错吧。终于有一天，我坐到了他家中，见着他的老婆和女儿。女儿还小，母亲抱在怀里，用袄襟裹着那双小腿，但不久，我偷眼看见，尿从那女人的衣襟下淋下来。接着那邢兰嚷：

"尿了！"

女人赶紧把衣襟拿开，我才看见那女孩子没有裤子穿……

邢兰还是没表情地说：

"穷的，孩子冬天也没有裤子穿。过去有个孩子，三岁了，没等到穿过裤子，便死掉了！"

从这一天，我才知道了邢兰的详细。从小就放牛，佃地种，干长工，直到现在，还只有西沟二亩坡地，满是砂块。小时放牛，吃不饱饭，而且每天从早到晚在山坡上奔跑呼唤。……直到现在，个子没长高，气喘咳嗽……

现在是春天，而鲜姜台一半以上的人吃着枣核和糠皮。

但是，我从没有看见或是听见他愁眉不展或是唉声叹气过，这个人积极地参加着抗日工作，我想不出别的字眼来形容邢兰对于抗日工作的热心，我按照这两个字的最高度的意义来形容它。

邢兰发动组织了村合作社，又在区合作社里摊了一股。发动组织了村里的代耕团和互助团。代耕团是替抗日军人家属耕种的，互助团全是村里的人，无论在种子上，农具上，牲口、人力上，大家互相帮助，完成今年的春耕。

而邢兰是两个团的团长。

看样子，你会觉得他不可能有什么作为的。但在一些事情上，他是出人意外地英勇地做了，这，不是表现了英勇，而是英勇地做了这件事。这英勇也不是天生的，反而看出来，他是克服了很多的困难，努力做到了这一点。

还是去年冬天，敌人"扫荡"这一带的时候。邢兰在一天夜里，赤着脚穿着单衫，爬过三条高山，探到平阳街口去。敌人就住在那里。等他回来，鲜姜台的机关人民都退出去。他又帮我捆行李，找驴子，带路……

邢兰参与抗日工作是无条件的，而且在一些坏家伙看起来，简直是有瘾。

近几天，鲜姜台附近有汉奸活动，夜间，电线常常被割断。邢兰自动地担任做侦察的工作。每天傍晚在地里做了一天，回家吃过晚饭，我便看见他斜披了一件破棉袍，嘴里哼着歌子，走下坡去。我问他一句：

"哪里去？"

他就眯眯眼：

"还是那件事……"

夜里，他顺着电线走着，有时伏在沙滩上，他好咳嗽，他便用手掩住嘴……

天快明，才回家来，但又是该下地的时候了。

更清楚地说来，邢兰是这样一个人，当有什么事或是有什么工作派到这村里来，他并不是事先说话，或是表现自己，只是在别人不发表意见的时候，他表示了意见，在别人不高兴做一件工作的时候，他把这件工作担负起来。

按照他这样一个人，矮小、气弱、营养不良，有些工作他实在是勉强做去的。

有一天，我看见他从坡下面一步一步挨上来，肩上扛着一条大树干，明显的他是那样吃力，但当我说要帮助他一下的时候，他却更挺直腰板，扛上去了。当他放下，转过身来，脸已经白得怕人。他告诉我，他要锯开来，给农具合作社做几架木犁。

还有一天，我瞧见他赤着背，在山坡下打坯，用那石杵，用力敲打着泥土。而那天只是二月初八。

如果能拿《水浒传》上一个名字来呼唤他，我愿意叫他"拼命三郎"。

从我认识了这个人，我便老是注意他。一个小个子，腰里像士兵一样系了一条皮带，嘴上有时候也含着一个文明样式的烟斗。

而竟在一天，我发现了这个家伙，是个"怪物"了。他爬上一棵高大的榆树修理枝丫，停下来，竟从怀里掏出一只耀眼的口琴吹奏了。他吹的调子不是西洋的东西，也不是中国流行的曲调，而是他吹熟了的自成的曲调，紧张而轻快，像夏天森林里的群鸟喧叫……

在晚上，我拿过他的口琴来，是一个蝴蝶牌的。他说已经买了二年，但外面还很新，他爱好这东西，他小心地藏在怀里，他说："花的钱不少呢，一块七毛。"

我粗略地记下这一些。关于这个人，我想永远不会忘记他吧。

他曾对我说："我知道冷是难受……"这句话在我心里存在着，它只是一句平常话，但当它是从这样一个人嘴里吐出来，它就在我心里引起了这种感觉：

只有寒冷的人，才贪婪地追求一些温暖，知道别人的冷的感觉；只有病弱不幸的人，才贪婪地拼着这个生命去追求健康、幸福；……只有从幼小在冷淡里长成的人，他才爬上树梢吹起口琴。

记到这里，我才觉得用不着我再写下去。而他自己，那个矮小的个子，那藏在胸膛里的一颗煮滚一样的心，会续写下去的。

一九四〇年三月二十三日夜记于阜平

丈　夫

今天是中秋节日，可是还有一场黑豆没打。上午，公公叫儿媳妇把场摊上，豆叶上满带着污泥，发着臭气。日本黑心鬼，偷偷放了堤，淹了老百姓，黑豆没长好，豆子是秕秕的。草不好，黄牛也瘦了。儿媳妇站在场里没精打采的。年景没有了，日子不好过，丈夫又没消息。去年，他还在近处，八月十三那天还抽空回家来看了看，她给他做了一件新棉袄，两个人欢天喜地。八月节，应该团圆团圆；她给他做了猪肉菜，很丰富。今年，鬼子从四月里翻天搅地，丈夫不知道到哪里去了。去年他留给她一个孩子，在地洞里生产下来，就死掉了。她没有力气，日子过着没心思。

吃过中午饭，她带着老二孩子，要去娘家看看，解解闷。和公公说了说，公公也没阻挡。只说早去早回来，路上不安静。她什么也没拿，拉起孩子的手，向东走去了。孩子去姥姥家，很高兴，有一句没一句地问娘：

"今儿个八月十五吗？娘。"

"是啊！"

"叫我吃什么？"

"什么也不叫你吃！"

她说过，又怜惜起孩子来。孩子才七岁，在炮火里跟着跑了四五年了，不该这么斥打她，就转过话来笑着说：

"还记得爹吗？"

"记得呀！"

"爹在哪里呢？"

"在铁道西啊！"

"在那里干什么？"

"打日本啊！"

娘笑了。丈夫在家就喜欢这个孩子，临走总嘱咐她好好教养着。她想，那个人倒不恋家，连对她也像冷冷的，对这个孩子却连住了心。就为这个，她竟觉着有保障了，又和孩子说：

"爹什么时候回来？"

"过年的时候回来。"

"你知道？"

"可不是，我知道。"

"爹回来干什么？"

"回来打日本。"

孩子念叨起爹那枪来。爹叫她看过枪，爹对她说枪是打日本的。她想现在日本很多了，常到村里来，爹该回来打日本了！这里日本多，不到这里打，到哪去打哩！

娘儿俩说着，就到了娘家村里，本来只离着三四里地。

到家里，姥姥正坐在炕上。

"你看人家多么热闹，人家也都是养儿养女的。"姥姥说，嘴角却有些讥笑。

"谁家？"女儿问。

"你婶子家。"

"热闹什么？"

"你大姐来了，她女婿也来了。"

"她女婿不是在这里当伪军？"

"现在人家敢出来了，三天一来，两天一来，来了就嘻嘻哈哈。"

姑娘想起她是和这个大姐一年出嫁的。她两个同岁，她大姐嫁了一个独生子，她也嫁了一个独生子。她大姐的女婿在绸缎店里当学徒，她的女婿在保府上中学。那年正月里，两个女婿来住丈人家，大姐的女婿好赌钱，整天在家里成局；自己的女婿好念书，整天在家里翻书本。她那时候还不高兴自己的女婿这么呆气，人家那么好玩，好说笑，街上的青年子弟都找人家去热闹，自己的女婿这么孤僻，整天没个人来，只有几个老头子称赞。她想，现在该是玩的，在学堂里有多少书念不了，倒跑到这里来用功？晚上，她悄悄地对他说：

"你也玩玩去，书里有什么好东西，你那么入迷？"

"你不知道。"

"不是我不知道，你看人家多快活？"

"你叫我和他们比呀？"

"和人家比比，你丢什么人，人家比你少什么？"

"你不懂事。"

丈夫睡了，她也不好意思再问，新婚的夫妻，她只有柔顺。夜半醒来，她又说：

"我说错了话吗？"

"你知道的事很少。"

"我怎么就知道的多了？"

"你念念书，可是来不及了。"

"我不念那个，可是，我要说错了话，你可别记在心里呀！"她靠近靠近他。

后来丈夫走了，很少家来，不在北平，就在上海。大姐的女婿却常来，穿得好，一来就住下，嘻嘻哈哈；她很羡慕大姐幸福，自己倒霉，埋怨丈夫不家来，忘了她。可是丈夫并没有忘了她，有时家来，也很爱她，她生了一个小孩，丈夫也很喜欢，只是怨她不识字，知道的事少。她说：

"你不会待在家里？"

"我不能。"

"怎么人家能呢？"

"谁？"

"大姐的女婿。"

"咳，你又叫我和他比！"

女婿又生气了。她就害怕他生气，赶紧解释：

"家里又不缺吃不缺穿，你非出去干什么？"

"你不知道。"

"你出去又不挣个大钱。"

"非挣钱不能出去吗？"

"家里不舒服？"

"不舒服。"

这回是生气了。家里不舒服，外边有什么舒服的事情？她疑心了。可是看看丈夫还是整天看书，书一箱一箱的，翻翻这本，又翻翻那本，破的就包上个皮，不嫌个麻烦。她觉得丈夫喜欢书，就像她喜欢布似的，她喜欢各色样花布，丝的，麻的，她把它们包在一个一个小包裹里，没事就翻着玩，有时找出一块来给孩子做件小衫裤，心里很高兴。她想，丈夫写字，念书，就和她找布做衣服一样。

抗战了，丈夫立时参加了军队。把洋布衣服脱下来，换上粗布军装。两条瘦腿，每天跑百八十里路，也有了劲了。她大姐的丈夫店铺叫日本鬼子抢了，也回到家来，守着女人孩子过日子，看看地，买买菜，抱抱孩子，烧烧火，替大姐做很多事。她可不明白自己的丈夫的心思，有一天她问他：

"为什么你出去受罪？"

"抗日是受罪？你真糊涂透了。"

"可是为什么人家不出去？"

"谁？"

"大姐的女婿。"

"呸，呸，你又叫我和他比。"

渐渐，她也觉得丈夫不能和那个人比。村里人说自己的丈夫好，许多人找到家里来，问东问西。许多同志、朋友们来说说笑笑，她觉得很荣耀。日本鬼子烧杀，她觉得不打出去也没法子过。大姐的女婿在村里人缘很不好，一天夜里叫土匪绑了票，后来就不敢在家里待，跑到天津去了，大姐整天哭，没离开过丈夫，不知道怎么好。过了一年，那个人偷偷回来了。抽上了白面儿，还贩卖白面儿，叫八路军捉了，押了两个月，罚了一千块钱，他就跑到城里当了伪军，日本鬼子到他媳妇的娘家村里来抢东西，他也跟着来，戴着黑眼镜。后来，又反了正，坐在欢迎大会的戏台上看戏，戴着黑眼镜，喝着茶水，吃花生。

那天她也去看戏，有人指给她说：

"你看见那个人吗？"

"谁？"

"你大姐夫啊！你都不认识了！"

"呀，那是他？"

她脸上红红的了。

自己的丈夫越来越忙，脸孔虽然黑了，看来，倒壮实了些。仗打得越紧，她越恨日本鬼子了，他也轻易不家来了。她守着孩子过日子，侍候着公公。上冬学，知道了一些事，其中就有她以前不知道的丈夫的心里的事，现在才知道了些。

今年，日本鬼子占了县城附近的大村镇，听到她的大姐夫又当了伪军。从此,她就更瞧不起他,这是个什么人呀!今天,娘却提到了他。正提到了他,大姐就来了。大姐听说妹子来了,姐妹好几年不见面,来看望她,手里托着一包点心。身上穿着花丝葛,脸孔白又胖,挺着大肚子,乍一见面很亲热,大姐说:

"你家他爹可有信?"

"没有啊!"

"说起来,人家他有志气,抗日光荣,可是留下了这些孩子们。"大姐说着就拉过孩子,叫孩子吃点心,问孩子:

"你想爹吗?"

"想啊!"

"快叫娘把他叫回来。"

"叫回来,打日本吧!"孩子兴奋地说。

大姐立时没话说,脸也红红的,像块生猪肝。姥姥也笑了。

"听说你女婿又来了。"

"早走了。"

"怎么这么快就走了?"

"有事。"大姐坐不住,告辞了出去。走到屋门口又回来,小声说:"大妹子,你家他爹回来,你顺便和他学学,就说俺家他爹是不得已,还想出来的。"说过就慌慌地走了。

姥姥说:

"看起这个来可就不光荣。准是又有什么风声吓走了。"

天已经晚了,姑娘带着孩子回来,在路上,她看见一小队人背着枪过去了。她知道一到天晚,就是自己的人;也不害怕,带着孩子走过去。后来回头一看,那一小队人进了她娘家的村了。

到了村头,大孩子正在村边等,见了娘就跑上来小声说:

"大队长到咱家来了!"

"哪个大队长?"

"县游击大队长，黑脸大个子老李呀，娘忘了，去年和爹一块来拿过书，吃过羊肉饺子的。"

"说什么来？"

"有爹的信，爷正看哩。"

母子两个人赶紧到了家里，公公正坐在场里碌碡上，戴着花镜念信，儿媳妇回来，就说：

"信来得巧，今年的节我又过痛快了！"

媳妇当然更快活，快活了一晚上，竟连那圆圆的月亮也忘了看。

一九四二年中秋节夜记于阜平

光　　荣

　　饶阳县城北有一个村庄，这村庄紧靠滹沱河，是个有名的摆渡口。大家知道，滹沱河在山里受着约束，昼夜不停地号叫，到了平原，就今年向南一滚，明年往北一冲，自由自在地奔流。

　　河两岸的居民，年年受害，就南北打起堤来，两条堤中间全是河滩荒地，到了五六月间，河里没水，河滩上长起一层水柳、红荆和深深的芦草。常常发水，柴禾很缺，这一带的男女青年孩子们，一到这个时候，就在炎炎的热天，背上一个草筐，拿上一把镰刀，散在河滩上，在日光草影里，割那长长的芦草，一低一仰，像一群群放牧的牛羊。

　　七七事变那一年，河滩上的芦草长得很好，五月底，那芦草已经能遮住那些孩子们的各色各样的头巾。地里很旱，没有活做，这村里的孩子们，就整天缠在河滩里。

　　那时候，东西北三面都有了炮声，渐渐东南面和西南面也响起炮来，证明敌人已经打过去了，这里已经亡了国。国民党的军队和官员，整天整夜从这条渡口往南逃，还不断骚扰抢劫老百姓。

　　是从这时候激起了人们保家自卫的思想，北边，高阳肃宁已经有人民自卫军的组织。那时候，是一声雷响，风雨齐来，自卫的组织，比什么都传流得快，今天这村成立了大队部，明天那村也就安上了大锅。青年们把所有的枪支，把村中埋藏的、地主看家的、巡警局里抓赌的枪支，都弄了出来，背在肩上。

枪，成了最重要的、最必需的、人们最喜爱的物件。渐渐人们想起来：卡住这些逃跑的军队，留下他们的枪支。这意思很明白：养兵千日，用兵一时；大敌压境，你们不说打仗，反倒逃跑，好，留下枪支，交给我们，看我们的吧！

先是在村里设好圈套，卡一个班或是小队逃兵的枪；那常常是先摆下酒宴，送上洋钱，然后动手。

后来，有些勇敢的人，赤手空拳，站在大道边上就卡住了枪支；那办法就简单了。

这渡口上原有一只大船，现在河里没水，翻过船底，晒在河滩上。船主名叫尹廷玉，是个五十多的老头子，弄了一辈子船，落了个"车船店脚牙"的坏名儿，可也没置下产业。他有一个儿子刚刚十五岁，名叫原生，河里有水的时候，帮父亲弄弄船，现在船闲着，他也就整天跟着孩子们在河滩里看过逃兵，看过飞机，割芦苇草。

这一天，割满了草筐，天也晚了，刚刚要杀紧绳子往回里走，他听得背后有人叫了他一声。

"原生！"

他回头一看，是村西头的一个姑娘，叫秀梅的，穿着一件短袖破白褂，拖着一双破花鞋，提着小镰跑过来，跑到原生跟前，一扯原生的袖子，就用镰刀往东一指：东面是深深一片芦苇，正叫晚风吹得摇摆。

"什么？"原生问。

秀梅低声说：

"那道边有一个逃兵，拿着一支枪。"

原生问：

"就是一个人？"

"就是一个。"秀梅喘喘气咬咬嘴唇，"崭新的一支大枪。"

"人们全回去了没有？"原生周围一看，想集合一些同伴，可是太阳已经下山，天边只有一抹红云，看来河滩里是冷冷清清的没有一个人了。

"你一个人还不行吗？"秀梅仰着头问。

原生看见了这女孩子的两只大眼睛里放射着光芒，就紧握他那镰刀，拨动苇草往东边去了。秀梅看了看自己那一把弯弯的明亮的小镰，跟在后边，低声说：

"去吧，我帮着你。"

"你不用来。"原生说。

原生从那个逃兵身后过去，那逃兵已经疲累得很，正低着头包裹脚上的燎泡，枪支放在一边。原生一脚把他踢趴，拿起枪支，回头就跑，秀梅也就跟着跑起来，遮在头上的小小的白布手巾也飘落下来，丢在后面。

到了村边，两个人才站下来喘喘气，秀梅说：

"我们也有一支枪了，明天你就去当游击队！"

原生说：

"也有你的一份呢，咱两个伙着吧！"

秀梅一撇嘴说：

"你当是一个雀虫蛋哩，两个人伙着！你拿着去当兵吧，我要那个有什么用？"

原生说：

"对，我就去当兵。你听见人家唱了没：男的去当游击队，女的参加妇救会。咱们一块去吧！"

"我不和你一块去，叫你们小五和你一块去吧！"秀梅笑一笑，就舞动小镰回家去了。走了几步回头说：

"我把草筐和手巾丢了,吃了饭,你得和我拿去,要不爹要骂我哩!"

原生答应了。原生从此就成了人民解放军的战士,背着这支枪打仗,后来也许换成"三八",现在也许换成"美国自动步"了。

小五是原生的媳妇。这是原生的爹那年在船上,夜里推牌九,一副天罡赢来的,比原生大好几岁,现在二十了。

那时候当兵,还没有拖尾巴这个丢人的名词,原生去当兵,谁也不觉得怎样,就是那蹬上自家的渡船,同伙伴们开走的时候,原生也不过望着那抱着小弟弟站在堤岸柳树下面的秀梅和一群男女孩子们,嘻嘻笑了一阵,就算完事。

这不像是离别,又不像是欢送。从这开始,这个十五岁的青年人,就在平原上夜晚行军,黎明作战;在阜平大黑山下沙石滩上艰苦练兵,在盂平听那滹沱河清冷的急促的号叫;在五台雪夜的山林放哨;在黄昏的塞外,迎着晚风歌唱了。

他那个卡枪的伙伴秀梅,也真的在村里当了干部。村里参军的青年很多,她差不多忘记了那个小小的原生。战争,时间过得多快,每个人要想的、要做的,又是多么丰富啊!

可是原生那个媳妇渐渐不安静起来。先是常常和婆婆吵架,后来就是长期住娘家,后来竟是秋麦也不来。

来了,就找气生。婆婆是个老好子人,先是觉得儿子不在家,害怕媳妇抱屈,处处将就,哄一阵,说一阵,解劝一阵;后来看着怎么也不行,就说:

"人家在外头的多着呢,就没见过你这么背晦的!"

"背晦,人家都有个家来,有个信来。"媳妇的眼皮和脸上的肉越发耷拉下来。这个媳妇并不胖,可是,就是在她高兴的时候,她的眼皮和脸上的肉也是松鬈地耷拉着。

"他没有信来,是离家远的过。"婆婆说。

"叫人等着也得有个头呀!"媳妇一转脸就出去了。

婆婆生了气,大声喊:

"你说,你说,什么是头呀?"

从这以后,媳妇就更明目张胆起来,她来了,不大在家里待,好在街上去坐,半天半天的,人家纺线,她站在一边闲磕牙。有些勤谨的人说她:"你坐得落意呀?"她就说:"做着活有什么心花呀?谁能像你们呀!"等婆婆推好碾子,做熟了饭,她来到家里,掀锅就盛。还常说落后话,人家问她:"村里抗日的多着呢,也不是你独一份呀,谁也不做活,看你那汉子在前方吃什么穿什么呀?"她就说:"没吃没穿才好呢。"

公公耍了半辈子落道,弄了一辈子船,是个有头有脸好面子的人,看看儿媳越来越不像话,就和老婆子闹,老婆子就气得骂自己的儿子。那几年,近处还有战争,她常常半夜半夜坐在房檐上,望着满天的星星,听那隆隆的炮响,这样一来,就好像看见儿子的面,和儿子说了话,心里也痛快一些了。并且狠狠地叨念:怎么你就不回来,带着那大炮,冲着这刁婆,狠狠地轰两下子呢?

小五的落后,在村里造成了很坏的影响,一些老太太们看见她这个样子,就不愿叫儿子去当兵,说:"儿子走了不要紧,留下这样娘娘咱搪不开。"

秀梅在村里当干部,有一天,人们找了她来。正是夏天,一群妇女在一家梢门洞里做活,小五刚从娘家回来,穿一身鲜鲜亮亮的衣裳,站在一边摇着扇子,一见秀梅过来,她那眼皮和脸皮,像玩独角戏一样,呱嗒就落下来,扭过脸去。

那些青年妇女们见秀梅来了,都笑着说:

"秀梅姐快来凉快凉快吧!"说着就递过麦垫来。有的就说:"这里有个大顽固蛋,谁也剥不开,你快把她说服了吧!"

秀梅笑着坐下，小五就说：

"我是顽固，谁也别光说漂亮话！"

秀梅说：

"谁光说漂亮话来？咱村里，你挨门数数，有多少在前方抗日的，有几个像你的呀？"

"我怎么样？"小五转过脸来，那脸叫这身鲜亮衣裳一陪衬，显得多么难看，"我没有装坏，把人家的人挑着去当兵！"

"谁挑着你家的人去当兵？当兵是为了国家的事，是光荣的！"秀梅说。

"光荣几个钱一两？"小五追着问，"我看也不能当衣穿，也不能当饭吃！"

"是！"秀梅说，"光荣不能当饭吃、当衣穿；光荣也不能当男人，一块过日子！这得看是谁说，有的人窝窝囊囊吃上顿饱饭，穿上件衣裳就混得下去，有的人还要想到比吃饭穿衣更光荣的事！"

别的妇女也说：

"秀梅说的一点也不假，打仗是为了大伙，现在的青年人，谁还愿意当炕头上的汉子呀！"

小五冷笑着，用扇子拍着屁股说：

"说那么漂亮干什么，是'画眉张'的徒弟吗，要不叫你，俺家那个当不了兵！"

秀梅说："哈！你是说，我和原生卡了一支枪，他才当了兵？我觉着这不算错，原生拿着那支枪，真的替国家出了力，我还觉着光荣呢！你也该觉着光荣。"

"俺不要光荣！"小五说，"你光荣吧，照你这么说，你还是国家的功臣呢，真是木头眼镜。"

"我不是什么功臣，你家的人才是功臣呢！"秀梅说。

"那不是俺家的人。"小五丝声漾气地说，"你不是干部吗？

我要和他离婚!"

大伙都一愣,望着秀梅。秀梅说:

"你不能离婚,你的男人在前方作战!"

"有个头没有?"小五说。

"怎么没头,打败日本就是头。"

"我等不来,"小五说,"你们能等可就别寻婆家呀!"

秀梅的脸腾地红了,她正在说婆家,就要下书定准了。别人听了都不忿,说:"碍着人家了吗?你不叫人家寻婆家,你有汉子好等着,叫人家等着谁呀!"

秀梅站起来,望着小五说:

"我不是和你赌气,我就不寻婆家,我们等着吧。"

别的人都笑起来,秀梅气得要哭了。小五站不住走了。有人就说:"像这样的女人应该好好打击一下,一定有人挑拨着她来破坏我们的工作。"秀梅说:"我们也不随便给她扣帽子,还是教育她。"那人说:"秀梅姐!你还是佛眼佛心,把人全当成好人;小五要是没有牵线的,挖下我的眼来当泡踏!"

对于秀梅的事,大家都说:

"你真是,为什么不结婚?"

"我先不结婚。"秀梅说,"有很多人把前方的战士,当作打了外出的人,我给她们做个榜样。你们还记得那个原生不?现在想起来,十几岁的一个人,背起枪来,一出去就是七年八年,才真是个好样儿的哩!"

"原生倒是不错,"一个姑娘笑了,"可是你也不能等着人家呀!"

"我不是等着他,"秀梅庄重地说,"我是等着胜利!"

小五到村外一块瓜园里去。这瓜园是村里一个粮秣先生尹大恋开的。这人原是村里一家财主,现在村中弄了名小小的干部当着,掩藏身体,又开了个瓜园,为的是喝酒说落后话儿,好有个清净地方。

尹大恋正坐在高高的窠棚里摇着扇子喝酒,一看见小五来了就说:

"拣着大个儿的摘着吃吧,你那离婚的事儿谈得怎样了?"

小五拨着瓜秧说:

"人家叫等到打败日本,谁知道哪年哪月他们才能打败日本呀!"

"唉!长期抗战,这不是无期徒刑吗?喂,不是有说讲吗,五年没有音讯就可以。这是他们的法令呀,他们自己还不遵守吗?和他打官司呀,你这人还是不行!"

小五回来就又和公婆闹,闹得公婆没法,咬咬牙叫她离婚走了,老婆婆狠狠啼哭了一场。老头说:"哭她干什么!她是我一副牌赢来的,只当我一副牌又把她输了就算了!"

自从小五出门走了以后,秀梅就常常到原生家里,帮着做活。看看水瓮里没水,就去挑了来,看看院子该扫,就打扫干净。伏天,帮老婆拆洗衣裳,秋天帮着老头收割打场。

日本投了降,秀梅跑去告诉老人家,老人听了也欢喜。可是过了好久,有好些军人退伍回来了,还不见原生回来。

原生的娘说:

"什么命呀,叫我们修下这样一个媳妇!"

秀梅说:

"大娘,那就只当没有这么一个媳妇,有什么活我帮你做,你不是没有闺女吗,你就只当有我这么个闺女!"

"好孩子,可是你要出聘了呢?"原生的娘说,"唉,为什么原生八九年就连个信也没有?"

"大娘,军队开得远,东一天,西一天,工作很忙,他就忘记给家里写信了。总有一天,一下子回来了,你才高兴呢!"

"我每天晚上听着门,半夜里醒了,听听有人叫娘开门哩,不过是想念得罢了。这么些人全回来了，怎么原生就不回来呀？"

"原生一定早当了干部了，他怎么能撂下军队回来呢？"

"为国家打仗，那是本分该当的，我明白。只是这个媳妇，唉！"

今年五月天旱，头一回耩的晚田没出来，大庄稼也旱坏了，人们整天盼雨。晚上，雷声忽闪地闹了半夜，才淅沥淅沥下起雨来，越下越大，房里一下凉快了，蚊子也不咬人了。秀梅和娘睡在炕上，秀梅说：

"下透了吧，我明天还得帮着原生家耩地去。"

娘在睡梦里说：

"人家的媳妇全散了，你倒成了人家的人了。你好好地把家里的活做完了，再出去乱跑去，你别觉着你爹不说你哩！"

"我什么活没做完呀！我不过是多卖些力气罢了，又轮着你这么嘟哝人！"

娘没有答声。秀梅却一直睡不着，她想，山地里不知道下雨不，山地里下了大雨，河里的水就下来了。那明天下地，还要过摆渡呢！她又想，小的时候，和原生在船上玩，两个人偷偷把锚起出来，要过河去，原生使篙，她掌舵，船到河心，水很急，原生力气小，船打起转来，吓哭了，还是她说：

"不要紧，别怕，只要我把得住这舵，就跑不了它，你只管撑吧！"

又想到在芦苇地卡枪，那天黑间，两个人回到河滩里，寻找草筐和手巾，草筐找到了，寻了半天也寻不见那块手巾，直等月亮升上来，才找到了。

想来想去，雨停了，鸡也叫了，才合了合眼。

起身就到原生家里来，原生的爹正在院里收拾"种式"，一见秀梅来了，就说：

"你给我们拉砘子去吧，叫你大娘拿耧。我常说，什么活也能一个人慢慢去做，惟独锄草和耩地，一个人就是干不来。"

秀梅笑着说：

"大伯，你拉砘子吧，我拿耧，我好把式哩！我们那几亩地，都是我拿的'种式'哩！"

"可就是，我还没问你，"老头说，"你那地全耩上没有？"

秀梅说："我前两天就耩上了，耩的'干打雷'，叫它们先躺在地里去求雨，我的时气可好哩！"

老头说：

"年轻人的时运总是好的，老了就倒霉，走吧！"

秀梅背上"种式"就走。她今天穿了一条短裤，光着脚，老婆子牵着小黄牛，老头子拉着砘子葫芦在后边跟着，一字长蛇阵，走出村来。

田野里，大道小道上全是忙着去种地的人，像是一盘子好看的走马灯。这一带沙滩，每到春天，经常刮那大黄风，刮起来，天昏地暗人发愁。现在大雨过后，天晴日出，平原上清新好看极了。

耩完地，天就快晌午了，三个人坐在地头上休息。秀梅热得红脸关公似的摘下手巾来擦汗，又当扇子扇，那两只大眼睛也好像叫雨水冲洗过，分外显得光辉。

她把道边上的草拔了一把，扔给那小黄牛，叫它吃着。

从南边过来一匹马。

那是一匹高大的枣红马，马低着头一步一颠地走，像是已经走了很远的路，又像是刚刚经过一阵狂跑。马上一个八路军，大草帽背在后边，有意无意挥动着手里的柳条儿。远远看来，这是一个年轻的人，一个安静的人，他心里正在思想什么问题。

马走近了，秀梅就转过脸来低下头，小声对老婆说："一个八路军！"老头子正仄着身子抽烟，好像没听见，老婆子抬头一看，马一闪放在道旁上的石砘子，吃了一惊，跑过去了。秀梅吃惊似的

站了起来,望着那过去的人说:

"大娘,那好像是原生哩!"

老头老婆全抬起头来,说:

"你看差眼了吧!"

"不。"秀梅说。那骑马的人已经用力勒住马,回头问:"老乡,前边是尹家庄不是?"

秀梅一跳说:

"你看,那不是原生吗,原生!"

"秀梅呀!"马上的人跳下来。

"原生,我那儿呀!"老婆子往前扑着站起来。

"娘,也在这里呀!"

儿子可真的回来了。

爹娘儿女相见,那一番话真是不知从哪说起,当娘的嘴一努一努想把媳妇的事说出来,话到嘴边,好几次又咽下去了。原生说:

"队伍往北开,攻打保定,我请假家来看看。"

"咳呀!"娘说,"你还得走吗?"

原生笑着说:

"等打完老蒋就不走了。"

秀梅说:

"怎么样,大娘,看见儿子了吧!"

"好孩子,"大娘说,"你说什么,什么就来了!"

远处近处耩地的人们全围了上来,天也晌午了,又围随着原生回家,背着耧的,拉着砘子的。

刚到村边,新农会的主席手里扬着一张红纸,满头大汗跑出村来,一看见原生的爹就说:

"大伯,快家去吧,大喜事!"

"什么事呀?"

"大喜事,大喜事!"

人们全笑了,说:

"你报喜报的晚了!"

"什么呀?"主席说,"县里刚送了通知来,我接到手里就跑了来,怎么就晚了!"

人们说:

"这不是原生已经到家了!"

"哈,原生家来了?大伯,真是喜上加喜,双喜临门呀!"主席喊着笑着。

人们说:

"你手里倒是拿的什么通知呀?"

"什么通知?原生还没对你们大家说呀?"主席扬一扬那张红纸,"上面给我们下的通知:咱们原生在前方立了大功,活捉了蒋介石的旅长,队伍里选他当特等功臣,全区要开大会庆祝哩!"

"哈,这么大事,怎么,原生,你还不肯对我们说呀,你真行呀!"人们嚷着笑着到了村里。

第二天,在村中央的广场上开庆功大会。

天晴得很好,这又是个热天,全村的男女老少,都换了新衣裳,先围到台下来,台上高挂全区人民的贺匾:"特等功臣"。

各村新农会又有各色各样的贺匾祝辞,台上台下全是红绸绿缎,金字彩花。

全区的小学生,一色的白毛巾,花衣服,腰里系着一色的绸子,手里拿着一色的花棍,脸上擦着胭脂,老师们擦着脸上的汗,来回照顾。

区长讲完了原生立功的经过,他号召全区青壮年向原生学习,踊跃参军,为人民立功。接着就是原生讲话。他说话很慢,很安静,台下的人们说:老脾气没变呀,还是这么不紧不慢的,怎么就能活捉一个旅长呀！原生说：自己立下一点功；台下就说：好家伙，活捉一个旅长他说是一点功。原生又说：这不是自己的功劳，这是全体人民的功劳；台下又说：你看人家这个说话。

区长说：老乡们，安静一点吧，回头还有自由讲话哩，现在先不要乱讲吧。人们说：这是大喜事呀，怎么能安静呢！

到了自由讲话的时候，台下妇女群里喊了一声，欢迎秀梅讲话，全场的人都嚷赞成，全场的人拿眼找她。秀梅今天穿一件短袖的红白条小褂，头上也包一块新毛巾，她正愣着眼望着台上，听得一喊，才转过脸东瞧瞧，西看看，两只大眼睛，转来转去好像不够使，脸飞红了。

她到台上讲了这段话：

"原生立了大功，这是咱们全村的光荣。原生十五岁就出马打仗，那么一个小人，背着那么一支大枪。他今年二十五岁了，打了十年仗，还要去打，打到革命胜利。

"有人觉得这仗打得没头没边，这是因为他没把这打仗看成是自家的事。人们光愿意早些胜利，问别人：什么时候打败蒋介石？这问自己就行了。我们要快就快，要慢就慢，我们坚决，我们给前方的战士助劲，胜利就来得快；我们不助劲，光叫前方的战士们自己去打，那胜利就来得慢了。这只要看我们每个人尽的力量和出的心就行了。

"战士们从村里出去，除去他的爹娘，有些人把他们忘记了，以为他们是办自己的事去了，也不管他们哪天回来。不该这样，我们要时时刻刻想念着他们，帮助他们的家，他们是为我们每个人打仗。

"有的人，说光荣不能当饭吃。不明白，要是没有光荣，谁也不要光荣，也就没有了饭吃；有的人，却把光荣看得比性命还要紧，我们这才有了饭吃。

"我们求什么，就有什么。我们等着原生，原生就回来了。战士们要的是胜利,原生说很快就能打败蒋介石,蒋介石很快就要没命了,再有一年半载就死了。

"我们全村的战士,都会在前方立大功的,他们也都像原生一样,会带着光荣的奖章回来的。那时候,我们要开一个更大更大的庆功会。

"我的话完了。"

台下面大声地鼓掌,大声地欢笑。

接着就是游行大庆祝。

最前边是四杆喜炮,那是全区有名的四个喜炮手;两面红绸大旗:一面写"为功臣贺功",一面写"向英雄致敬"。后面是大锣大鼓,中间是英雄匾,原生骑在枣红马上,马笼头马颈上挂满了花朵。原生的爹娘,全穿着新衣服坐在双套大骡车上,后面是小学生的队伍和群众的队伍。

大锣大鼓敲出村来,雨后的田野,蒸晒出腾腾的热气,好像是叫大锣大鼓的声音震动出来的。

到一村,锣鼓相接,男男女女挤得风雨不透,热汗齐流。

敲鼓手疯狂地抡着大棒,抬匾的柱脚似的挺直腰板,原生的爹娘安安稳稳坐在车上,街上的老头老婆们指指画画,一齐连声说:

"修下这样的好儿子,多光荣呀!"

那些青年妇女们一个扯着一个的衣后襟,好像怕失了联络似的,紧跟着原生观看。

原生骑在马上,有些害羞,老想下来,摄影的记者赶紧把他捉住了。

秀梅满脸流汗跟在队伍里,扬着手喊口号。她眉开眼笑,好像是一个宣传员。她好像在大秋过后,叫人家看她那辛勤的收成;又好像是一个撒种子的人,把一种思想,一种要求,撒进每个人的心里去。她见到相熟的姐妹,就拉着手急急忙忙告诉说:

"这是我们村里的原生,十五上就当兵去了,今年二十五岁,在战场上立了大功，胸前挂的那金牌子是毛主席奖的哩。"

说完就又跟着队伍跑走了。这个农民的孩子原生，一进村庄，就好把那放光的奖章，轻轻掩进上衣口袋里去。秀梅就一定要他拉出来。

大队也经过小五家的大门。一到这里，敲大鼓的故意敲了一套花点，原想叫小五也跑出来看看的，门却紧紧闭着，一直没开。

队伍在平原的田野和村庄通过，带着无比响亮的声音，无比鲜亮的色彩。太阳在天上，花在枝头，声音从有名的大鼓手那里敲打，这是一种震动人心的号召：光荣！光荣！

晚上回来，原生对爹娘说："明天我就回部队去了。我原是绕道家来看看，赶巧了乡亲们为我庆功，从今以后，我更应该好好打仗，才不负人民对我的一番热情。"

娘说："要不就把你媳妇追回来吧！"

原生说："叫她回来干什么呀！她连自己的丈夫都不能等待，要这样的女人一块革命吗？"

爹说："那么你什么时候才办喜事呢？以我看，咱寻个媳妇，也并不为难。"

原生说："等打败蒋介石。这不要很长的时间。有个一年半载就行了。"

娘又说："那还得叫人家陪着你等着吗？"

"谁呀？"原生问。

"秀梅呀！人家为你耽误了好几年了。"娘把过去小五怎么使歪造耗，秀梅怎样解劝说服，秀梅怎样赌气不寻婆家，小五走了，秀梅怎样体贴娘的心，处处帮忙尽力，原原本本说了一遍。

在原生的心里，秀梅的影子，突然站立在他的面前，是这样可爱和应该感谢。他忽然想起秀梅在河滩芦苇丛中命令他去卡枪的那个黄昏的景象。当原生背着那支枪转战南北,在那银河横空的夜晚站哨,或是赤日炎炎的风尘行军当中,他曾经把手扶在枪上,想起过这个景象。那时候,在战士的心里,这个影子就好比一个流星,一只飞鸟横过队伍,很快就消失了。现在这个影子突然在原生心里鲜明起来,扩张起来,顽强粘住,不能放下了。

在全村里,在瓜棚豆架下面,在柳阴房凉里,那些好事好谈笑的青年男女们议论着秀梅和原生这段姻缘,谁也觉得这两个人要结了婚,是那么美满,就好像雨既然从天上降下,就一定是要落在地上,那么合理应当。

一九四八年七月十日饶阳东张岗

懒马的故事

一

懒老婆每日里是披头散发，手脸不洗，头也不刮。整天坐在门前晒暖，好像她一辈子是在冰窖里长大起来。

年纪还不到四十，好吃懒做，老头子也不敢管她。

有一回丈夫骂她一句："你这个老王八，只会晒暖。"

夜里，她就拿着腰带系到窗棂上去上吊了。

二

一天，妇救会分配给她一双鞋做，她就大张旗鼓地东街走到西街，逢人便说："都说我懒，你看我不是做抗日鞋了吗？"

看看她的针线笸箩吧：

三条烂麻线，一个没头的锥子；一块她的破裤里，是她用锅底烟子染了黑，来做"鞋表布"的；还有一堆草纸。

三

懒老婆做这双鞋，什么也不干，做了十天，后来同着全区的五百双鞋一块送到军队上，四百九十九双都有同志们心爱的拿走了，就剩下了懒老婆这双。放在管理科没人去看它，鞋底向上，歪歪趔趔写着懒老婆的名字"马兰"。

放了半年，还是有一个母耗子要下小老鼠了，才把这双鞋拉进洞里去了。

我看她这名字可以改换一下，叫"懒马"倒不错哩。

一九四一年五月

童 年 漫 忆

听 说 书

我的故乡的原始住户，据说是山西的移民，我幼小的时候，曾在去过山西的人家，见过那个移民旧址的照片，上面有一株老槐树，这就是我们祖先最早的住处。

我的家乡离山西省是很远的，但在我们那一条街上，就有好几户人家，以长年去山西做小生意，维持一家人的生活，而且一直传下好几辈。他们多是挑货郎担，春节也不回家，因为那正是生意兴隆的季节。他们回到家来，我记得常常是在夏秋忙季。他们到家以后，就到地里干活，总是叫他们的女人，挨户送一些小玩意儿或是蚕豆给孩子们，所以我的印象很深。

其中有一个人，我叫他德胜大伯，那时他有四十岁上下。每年回来，如果是夏秋之间农活稍闲的时候，我们一条街上的人，吃过晚饭，坐在碾盘旁边去乘凉。一家大梢门两旁，有两个柳木门墩，德胜大伯常常被人们推请坐在一个门墩上面，给人们讲说评书，另一个门墩上，照例是坐一位年纪大辈数高的人，和他对称。我记得他在这里讲过《七侠五义》等故事，他讲得真好，就像一个专业艺人一样。

他并不识字,这我是记得很清楚的。他常年在外,他家的大娘,因为身材高,我们都叫她"大个儿大妈"。她每天挎着一个大柳条篮子,敲着小铜锣卖烧饼馃子。德胜大伯回来,有时帮她记记账,他把高粱的茎秆,截成笔帽那么长,用绳穿结起来,横挂在炕头的墙壁上,这就叫"账码",谁赊多少谁还多少,他就站在炕上,用手推拨那些茎秆儿,很有些结绳而治的味道。

他对评书记得很清楚,讲得也很熟练,我想他也不是花钱到娱乐场所听来的。他在山西做生意,长年住在小旅店里,同住的人,干什么的也有,夜晚没事,也许就请会说评书的人,免费说两段,为长年旅行在外的人们消愁解闷,日子长了,他就记住了全部。

他可能也说过一些山西人的风俗习惯,因为我年岁小,对这些没兴趣,都忘记了。

德胜大伯在做小买卖途中,遇到瘟疫,死在外地的荒村小店里。他留下一个独生子叫铁锤。前几年,我回家乡,见到铁锤,一家人住在高爽的新房里,屋里陈设,在全村也是最讲究的。他心灵手巧,能做木工,并且能在玻璃片上画花鸟和山水,大受远近要结婚的青年农民的欢迎。他在公社担任会计,算法精通。

德胜大伯说的是评书,也叫平话,就是只凭演说,不加伴奏。在乡村,麦秋过后,还常有职业性的说书人,来到街头。其实,他们也多半是业余的,或是半职业性的。他们说唱完了以后,有的由经管人给他们敛些新打下的粮食;有的是自己兼做小买卖,比如卖针,在他说唱中间,由一个管事人,在妇女群中,给他卖完那一部分针就是了。这一种人,多是说快书,即不用弦子,只用鼓板。骑着一辆自行车,车后座做鼓架。他们不说整本,只说小段。卖完针,就又到别的村庄去了。

一年秋后,村里来了弟兄三个人,推着一车羊毛,说是会说书,兼有擀毡条的手艺。第一天晚上，就在街头说了起来，老大弹弦，老二说《呼家将》，真正的西河大鼓，韵调很好。村里一些老年的书迷，大为赞赏。第二天就去给他们张罗生意，挨家挨户去动员：擀毡条。

他们在村里住了三四个月，每天夜晚说《呼家将》。冬天天冷，就把书场移到一家茶馆的大房子里。有时老二回老家运羊毛，就由老三代说，但人们对他的评价不高，另外，他也不会说《呼家将》。

眼看就要过年了，呼延庆的擂还没打成。每天晚上预告，明天就可以打擂了，第二天晚上，书中又出了岔子，还是打不成。人们盼呀，盼呀，大人孩子都在盼。村里娶儿聘妇要擀毡条的主，也差不多都擀了，几个老书迷，还在四处动员：

"擀一条吧，冬天铺在炕上多暖和呀！再说，你不擀毡条，呼延庆也打不了擂呀！"

直到腊月二十老几，弟兄三个看着这村里实在也没有生意可做了，才结束了《呼家将》。他们这部长篇，如果整理出版，我想一定也有两块大砖头那么厚吧。

第一个借给我《红楼梦》的人

我第一次读《红楼梦》，是十岁左右还在村里上小学的时候。我先在西头刘家，借到一部《封神演义》，读完了，又到东头刘家借了这部书。东西头刘家都是以屠宰为业，是一姓一家。刘姓在我们村里是仅次于我们姓的大户，其实也不过七八家，因为这是一个很小的村庄。

从我能记忆起，我们村里有书的人家，几乎没有。刘家能有一些书，是因为他们所经营的近似一种商业。农民读书的很少，更不愿花钱去买这些"闲书"。那时，我只能在庙会上看到书，书摊小贩支架上几块木板，摆上一些石印的，花纸或花布套的，字体非常细小，纸张非常粗黑的《三字经》《玉匣记》，唱本、小说。这些书可以说是最普及的廉价本子，但要买一部小说，恐怕也要花费一两天的食用之需。因此，我的家境虽然富裕一些，也不能随便购买。我那时上学念的课本，有的还是母亲求人抄写的。

东头刘家有兄弟四人，三个在少年时期就被生活所迫，下了关东。其中老二一直没有回过家，生死存亡不知。老三回过一次家，还是不能生活，只在家过了一个年，就又走了，听说他在关东，从事的是一种非常危险的勾当。

家里只留下老大，他娶了一房童养媳妇，算是成了家。他的女人，个儿不高，但长得颇为端正俊俏，又喜欢说笑，人缘很好，家里长年设着一个小牌局，抽些油头，补助家用。男的还是从事屠宰，但已经买不起大牲口，只能剥个山羊什么的。

老四在将近中年时，从关东回来了，但什么也没有带回来。这人长得高高的个子，穿着黑布长衫，走起路来，"蛇摇担晃"。他这种走路的姿势，常常引起家长们对孩子的告诫，说这种走法没有根柢，所以他会吃不上饭。

他叫四喜，论乡亲辈，我叫他四喜叔。我对他的印象很好。他从东头到西头，扬长地走在大街上，说句笑话儿，惹得他那些嫂子辈的人，骂他"贼兔子"，他就越发高兴起来。他对孩子们尤其和气。有时，坐在他家那旷荡的院子里，拉着板胡，唱一段清扬悦耳的梆子，我们听起来很是入迷。他知道我好看书，就把他的一部《金玉缘》借给了我。

哥哥嫂子，当然对他并不欢迎，在家里，他已经无事可为，每逢集市，他就夹上他那把锋利明亮的切肉刀，去帮人家卖肉。他站在肉车子旁边，那把刀，在他手中熟练而敏捷地摇动着，那煮熟的牛肉、马肉或是驴肉，切出来是那样薄，就像木匠手下的刨花一样，飞起来并且有规律地落在那圆形的厚而又大的肉案边缘，这样，他在给顾客装进烧饼的时候，既出色又非常方便。他是远近知名的"飞刀刘四"。现在是英雄落魄，暂时又有用武之地。在他从事这种工作的时候，你可以看到，他高大的身材，在一层层顾客的包围下，顾盼神飞，谈笑自若。可以想到，如果一个人，能永远在这样一种状态中存在，岂不是很有意义，也很光荣？

等到集市散了，天也渐渐晚了，主人请他到饭铺吃一顿饱饭，还喝了一些酒。他就又夹着他那把刀回家去。集市离我们村只有三里路。在路上，他有些醉了，走起来，摇晃得更厉害了。

对面来了一辆自行车。他忽然对着人家喊：

"下来！"

"下来干什么？"骑自行车的人，认得他。

"把车子给我！"

"给你干什么？"

"不给，我砍了你！"他把刀一扬。

骑车子的人回头就走，绕了一个圈子，到集市上的派出所报了案。

他若无其事地回到家里，也许把路上的事忘记了。当晚睡得很香甜。第二天早晨，就被捉到县城里去。

那时正是冬季，农村很动乱，每天夜里，绑票的枪声，就像大年五更的鞭炮。专员正责成县长加强治安，县长不分青红皂白，就把他枪毙，作为成绩向上级报告了。他家里的人没有去营救，也不去收尸。一个人就这样完结了。

他那部《金玉缘》，当然也就没有了下落。看起来，是生活决定着他的命运，而不是书。而在我的童年时代，是和小小的书本同时，痛苦地看到了严酷的生活本身。

一九七八年春天

老　刁

老刁，河北深县人。他从小在外祖父家长大，外祖父家是安平县。他在保定育德中学读书时，就把安平人引为同乡。我比他低两年级，他对幼小同乡，尤其热情。他有一条腿不大得劲，长得又苍老，那时人们就都叫他老刁。

他在育德中学的师范班毕业以后，曾到安新冯村，教过一年书，后来到北平西郊的黑龙潭小学教书。那时我正在北平失业，曾抱着一本新出版的《死魂灵》，到他那里住了两天。

有一年暑假，我们为了找职业都住在保定母校的招待楼里，那是一座碉堡式的小楼。有一天，他同另一位同学出去，回来时，非常张皇，说是看见某某同学被人捕去了。那时捕去的学生，都是共产党。

过了几年，爆发了抗日战争。一九三九年春天，我同陈肇同志，要过路西去，在安平县西南地区，遇到了他。当听说他是安平县的"特委"时，我很惊异。我以为他还在北平西郊教书，他怎么一下子弄到这么显赫的头衔。那时我还不是党员，当然不便细问。因为过路就是山地，我同老陈把我们骑来的自行车交给他，他给了我们一人五元钱，可见他当时经济上的困难。

那一次，我只记得他说了一句：

"游击队正在审人打人，我在那里坐不住。"

敌人占了县城，我想可能审讯的是汉奸嫌疑犯吧。

一九四一年，我从山地回到冀中。第二年春季，我又要过路西去，在七地委的招待所，见到了他。当时他好像很不得意，在我的住处坐了一会儿就走了。这也使我很惊异，怎么他一下又变得这么消沉？

一九四六年夏天，抗日战争早已结束，我住在河间临街的一间大梢门洞里。有一天下午，我正在街上闲立着，从西面来了一辆大车，后面跟着一个人，脚一拐一拐的，一看正是老刁。我把他拦请到我的床位上，请他休息一下。记得他对我说，要找一个人，给他写个历史证明材料。他问我知道不知道安志诚先生的地址，安先生原是我们的中学时的图书馆管理员。我说，我也不知道他的住处，他就又赶路去了，我好像也忘记问他，是要到哪里去。看样子，他在一直受审查吗？

又一次我回家，他也从深县老家来看我，我正想要和他谈谈，正赶上我母亲那天叫磨扇压了手，一家不安，他匆匆吃过午饭就告辞了。我往南送他二三里路，他的情绪似乎比上两次好了一些。他说县里可能分配他工作。后来听说，他在县公安局三股工作，我不知道公安局的分工细则，后来也一直没有见过他。没过两年，就听说他去世了。也不过四十来岁吧。

我的老伴对我说过，抗日战争时期，我不在家，有一天老刁到村里来了，到我家看了看，并对村干部们说，应该对我的家庭，有些照顾。他带着一个年轻女秘书，老刁在炕上休息，头枕在女秘书的大腿上。老伴说完笑了笑。一九四八年，我到深县县委宣传部工作。县里开会时，我曾托区干部对老刁的家庭，照看一下。我还曾路过他的村庄，到他家里去过一趟。院子里空荡荡的，好像并没有找到什么人。

事隔多年，我也行将就木，觉得老刁是个同学又是朋友，常常想起他来，但对他参加革命的前前后后，总是不大清楚，像一个谜一样。

一九八〇年九月二十一日晚

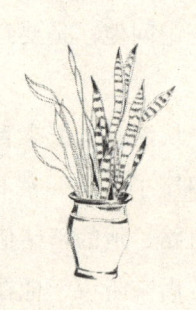

菜　虎

东头有一个老汉，个儿不高，膀乍腰圆，卖菜为生。人们都叫他菜虎，真名字倒被人忘记了。这个虎字，并没有什么恶意，不过是说他以菜为衣食之道罢了。他从小就干这一行，头一天推车到滹沱河北种菜园的村庄趸菜，第二天一早，又推上车子到南边的集市上去卖。因为南边都是旱地种大田，青菜很缺。

那时用的都是独木轮高脊手推车，车两旁捆上菜，青枝绿叶，远远望去，就像一个活的菜畦。

一车水菜分量很重，天暖季节他总是脱掉上衣，露着油黑的身子，把绊带套在肩上。遇见沙土道路或是上坡，他两条腿叉开，弓着身子，用全力往前推，立时就是一身汗水。但如果前面是硬整的平路，他推得就很轻松愉快了，空行的人没法赶过他去。也不知道他怎么弄的，那车子发出连续的有节奏的悠扬悦耳的声音，——吱扭——吱扭——吱扭扭——吱扭扭。他的臀部也左右有节奏地摆动着。这种手推车的歌，在我幼年的记忆中，留下了深刻的印象。这是田野里的音乐，是道路上的歌，是充满希望的歌。有时这种声音，从几里地以外就能听到。他的老伴，坐在家里，这种声音从离村很远的路上传来。有人说，菜虎一过河，离家还有八里路，他的老伴就能听见他推车的声音，下炕给他做饭，等他到家，饭也就熟了。在黄昏炊烟四起的时候，人们一听到这声音，就说："菜虎回来了。"

有一年七月，滹沱河决口，这一带发了一场空前的洪水，庄稼全都完了，就是半生半熟的高粱，也都冲倒在地里，被泥水浸泡着。直到九十月间，已经下过霜，地里的水还没有撤完，什么晚庄稼也种不上，种冬麦都有困难。这一年的秋天，颗粒不收，人们开始吃村边树上的残叶，剥下榆树的皮，到泥里水里捞泥高粱穗来充饥，有很多小孩到撤过水的地方去挖地梨，还挖一种泥块，叫作"胶泥沉儿"，是比胶泥硬，颜色较白的小东西，放在嘴里吃。这原是营养植物的，现在用来营养人。

人们很快就干黄干瘦了，年老有病的不断死亡，也买不到棺木，都用席子裹起来，找干地方暂时埋葬。

那年我七岁，刚上小学，小学也因为水灾放假了，我也整天和孩子们到野地里去捞小鱼小虾，捕捉蚂蚱、蝉和它的原虫，寻找野菜，寻找所有绿色的、可以吃的东西。常在一起的，就有菜虎家的一个小闺女，叫作盼儿的。因为她母亲有痨病，长年喘嗽，这个小姑娘长得很瘦小，可是她很能干活，手脚利索，眼快；在这种生活竞争的场所，她常常大显身手，得到较多较大的收获，这样就会有争夺，比如一个蚂蚱、一棵野菜，是谁先看见的。

孩子们不懂事，有时问她：

"你爹叫菜虎，你们家还没有菜吃？还挖野菜？"

她手脚不停地挖着土地，回答：

"你看这道儿，能走人吗？更不用说推车了，到哪里去趸菜呀？一家人都快饿死了！"

孩子们听了，一下子就感到确实饿极了，都一屁股坐在泥地上，不说话了。

忽然在远处高坡上，出现了几个外国人，有男有女，男的穿着中国式的长袍马褂，留着大胡子，女的穿着裙子，披着金黄色的长发。

"鬼子来了。"孩子们站起来。

作为庚子年这一带义和团抗击洋人失败的报偿，外国人在往南八里地的义里村，建立了一座教堂，但这个村庄没有一家在教。现在这些洋人是来视察水灾的。他们走了以后，不久在义里村就设立了一座粥厂。村里就有不少人到那里去喝粥了。

又过了不久，传说菜虎一家在了教。又有一天，母亲回到家来对我说：

"菜虎家把闺女送给了教堂，立时换上了洋布衣裳，也不愁饿死了。"

我当时听了很难过，问母亲：

"还能回来吗？"

"人家说，就要带到天津去呢，长大了也可以回家。"母亲回答。

可是直到我离开家乡，也没见这个小姑娘回来过。我也不知道外国人一共收了多少小姑娘，但我们这个村庄确实就只有她一个人。

菜虎和他多病的老伴早死了。

现在农村已经看不到菜虎用的那种小车，当然也就听不到它那种特有的悠扬悦耳的声音了。现在的手推车都换成了胶皮轱辘，推动起来，是没有多少声音的。

一九八〇年九月二十九日晨

外祖母家

　　外祖母家是彪冢村，在滹沱河北岸，离我们家有十四五里路。当我初上小学，夜晚温书时，母亲给我讲过这样一个故事：母亲姐妹四人，还有两个弟弟，母亲是最大的。外祖父和外祖母，只种着三亩当来的地，一家八口人，全仗着织卖土布生活。外祖母、母亲、二姨，能上机子的，轮流上机子织布。三姨、四姨，能帮着经、纺的，就帮着经、纺。人歇马不歇，那张停放在外屋的木机子，昼夜不闲着，这个人下来吃饭，那个人就上去织。外祖父除种地外，每个集日（郎仁镇）背上布去卖，然后换回线子或是棉花，赚的钱就买粮食。

　　母亲说，她是老大，她常在夜间织，机子上挂一盏小油灯，每每织到鸡叫。她家东邻有个念书的，准备考秀才，每天夜里，大声念书，声闻四邻。母亲说，也不知道他念的是什么书，只听着隔几句，就"也"一声，拉的尾巴很长，也是一念就念到鸡叫。可是这个人念了多少年，也没有考中。正像外祖父一家，织了多少年布，还是穷一样。

　　母亲给我讲这个故事，当时我虽然不明白，其目的是为了什么，但给我留下很深的印象，一生也没有忘记。是鼓励我用功吗？好像也没有再往下说；是回忆她出嫁前的艰难辛苦的生活经历吧。

　　这架老织布机，我幼年还见过，烟熏火燎，通身变成黑色的了。

外祖父的去世，我不记得。外祖母去世的时候，我记得大舅父已经下了关东。二舅父十几岁上就和我叔父赶车拉脚。后来遇上一年水灾，叔父又对父亲说了一些闲话，我父亲把牲口卖了，二舅父回到家里，没法生活。他原在村里和一个妇女相好，女的见从他手里拿不到零用钱，就又和别人好去了。二舅父想不开，正当年轻，竟悬梁自尽。

大舅父在关东混了二十多年，快五十岁才回到家来。他还算是本分的，省吃俭用，带回一点钱，买了几亩地，娶了一个后婚，生了一个儿子。

大舅父在关外学会打猎，回到老家，他打了一条鸟枪，春冬两闲，好到野地里打兔子。他枪法很准，有时串游到我们村庄附近，常常从他那用破布口袋缝成的挂包里，掏出一只兔子，交给姐姐。母亲赶紧给他去做些吃食，他就又走了。

他后来得了抽风病。有一天出外打猎，病发了，倒在大道上，路过的人，偷走了他的枪支。他醒过来，又急又气，从此竟一病不起。

我记得二姨母最会讲故事，有一年她住在我家，母亲去看外祖母，夜里我哭闹，她给我讲故事，一直讲到母亲回来。她的丈夫，也下了关东，十几年后，才叫她带着表兄找上去。后来一家人，在那里落了户。现在已经是人口繁衍了。

一九八二年五月三十日

瞎　　周

我幼小的时候，我家住在这个村庄的北头。门前一条南北大车道，从我家北墙角转个弯，再往前去就是野外了。斜对门的一家，就是瞎周家。

那时，瞎周的父亲还活着，我们叫他和尚爷。虽叫和尚，他的头上却留着一个"毛刷"，这是表示，虽说剪去了发辫，但对前清，还是不能忘怀的。他每天拿一个小板凳，坐在门口，默默地抽着烟，显得很寂寞。

他家的房舍，还算整齐，有三间砖北房，两间砖东房，一间砖过道，黑漆大门。西边是用土墙围起来的一块菜园，地方很不小。园子旁边，树木很多。其中有一棵臭椿树，这种树木虽说并不名贵，但对孩子们吸引力很大。每年春天，它先挂牌子，摘下来像花朵一样，树身上还长一种黑白斑点的小甲虫，名叫"椿象"，捉到手里，很好玩。

听母亲讲，和尚爷，原有两个儿子，长子早年去世了。次子就是瞎周。他原先并不瞎，娶了媳妇以后，因为婆媳不和，和他父亲分了家，一气之下，走了关东。临行之前，在庭院中，大喊声言：

"那里到处是金子，我去发财回来，天天吃一个肉丸的、顺嘴流油的饺子，叫你们看看。"

谁知出师不利,到关东不上半年,学打猎,叫火枪伤了右眼,结果两只眼睛都瞎了。同乡们凑了些路费,又找了一个人把他送回来。这样来回一折腾,不只没有发了财,还欠了不少债,把仅有的三亩地,卖出去二亩。村里人都当作笑话来说,并且添油加醋,说哪里是打猎,打猎还会伤了自己的眼?是当了红胡子,叫人家对面打瞎的。这是他在家不行孝的报应,是生分畜类孩子们的样子!

为了生活,他每天坐在只铺着一张席子的炕上,在裸露的大腿膝盖上,搓麻绳。这种麻绳很短很细,是穿铜钱用的,就叫钱串儿。每到集日,瞎周拄上一根棍子,拿了搓好的麻绳,到集市上去卖了,再买回原麻和粮食。

他不像原先那样活泼了。他的两条眉毛,紧紧锁在一起,脑门上有一条直直立起的粗筋暴露着。他的嘴唇,有时咧开,有时紧紧闭着。有时脸上的表情像是在笑,更多的时候像是要哭。

他很少和人谈话,别人遇到他,也很少和他打招呼。

他的老婆,每天守着他,在炕的另一头纺线。他们生了一个男孩。岁数和我相仿。

我小时到他们屋里去过,那屋子里因为不常撩门帘,总有那么一种近于狐臭的难闻的味道。有个大些的孩子告诉我,说是如果在歇晌的时候,到他家窗前去偷听,可以听到他两口子"办事"。但谁也不敢去偷听,怕遇到和尚爷。

瞎周的女人,给我留下的印象,有些像鲁迅小说里所写的豆腐西施。她在那里站着和人说话,总是不安定,前走两步,又后退两步。所说的话,就是小孩子也听得出来,没有丝毫的诚意。她对人没有同情,只会幸灾乐祸。

和尚爷去世以前,瞎周忽然紧张了起来,他为这一桩大事,心神不安。父亲的产业,由他继承,是没有异议或纷争的。只是有一个细节,议论不定。在我们那里,出殡之时,孝子从家里哭着出来,要一手打幡，一手提着一块瓦，这块瓦要在灵前摔碎，摔得越碎越好。不然就会有许多说讲。管事的人们，担心他眼瞎，怕瓦摔不到灵前放的那块石头上，那会大煞风景，不吉利，甚至会引起哄笑。有人建议，这打幡摔瓦的事，就叫他的儿子去做。

瞎周断然拒绝了，他说有他在，这不是孩子办的事。这是他的职责，他的孝心，一定会感动上天，他一定能把瓦摔得粉碎。至于孩子，等他死了，再摔瓦也不晚。

他大概默默地做了很多次练习和准备工作，到出殡那天，果然，他一摔中的，瓦片摔得粉碎。看热闹的人们，几几乎忍不住要拍手叫好。瞎周心里的洋洋得意，也按捺不住，形之于外了。

他什么时候死去的，我因为离开家乡，就不记得了。他的女人现在也老了，也糊涂了。她好贪图小利，又常常利令智昏。有一次，她从地里拾庄稼回来，走到家门口，遇见一个人，抱着一只鸡，对她说：

"大娘，你买鸡吗？"

"俺不买。"

"便宜呀，随便你给点钱。"

她买了下来，把鸡抱到家，放到鸡群里面，又撒了一把米。

等到儿子回来，她高兴地说：

"你看，我买了一只便宜鸡。真不错，它和咱们的鸡，还这样合群儿。"

儿子过来一看说：

"为什么不合群？这原来就是咱家的鸡么！你遇见的是一个小偷。"

她的儿子，抗日刚开始，也干了几天游击队，后来一改编成八路军，就跑回来了。他在集市上偷了人家的钱，被送到外地去劳改了好几年。她的孙子，是个安分的青年农民，现在日子过得很好。

一九八二年五月三十一日上午续写毕

楞 起 叔

楞起叔小时，因没人看管，从大车上头朝下栽下来，又不及时医治——那时乡下也没法医治，成了驼背。

他是我二爷的长子。听母亲说，二爷是个不务正业的人，好喝酒，喝醉了就搬个板凳，坐在院里拉板胡，自拉自唱。

他家的宅院，和我家只隔着一道墙。从我记事时，楞起叔就给我一个好印象——他的脾气好，从不训斥我们。不只不训斥，还想方设法哄着我们玩儿。他会捕鸟，会编鸟笼子，会编蝈蝈葫芦，会结网，会摸鱼。他包管割坟草的差事，每年秋末冬初，坟地里的草衰白了，田地里的庄稼早就收割完了，蝈蝈都逃到那混杂着荆棘的坟草里，平常捉也没法捉，只有等到割草清坟之日，才能暴露出来。这时的蝈蝈很名贵，养好了，能养到明年正月间。

他还会弹三弦。我幼小的时候，好听大鼓书，有时也自编自唱，敲击着破升子底，当作鼓，两块破犁铧片当作板。楞起叔给我伴奏，就在他家院子里演唱起来。这是家庭娱乐，热心的听众只有三祖父一个人。

因为身体有缺陷，他从小就不能掏大力气，但田地里的锄耪收割，他还是做得很出色。他也好喝酒，二爷留下几亩地，慢慢他都卖了。

春冬两闲，他就给赶庙会卖豆腐脑的人家，帮忙烙饼。

这种饭馆，多是联合营业。在庙会上搭一个长洞形的席棚。棚口，右边一辆肉车，左边一个烧饼炉。稍进就是豆腐脑大铜锅。棚子中间，并排放着一些方桌、板凳，这是客座。

楞起叔工作的地方，是在棚底。他在那里安排一个锅灶，烙大饼。因为身残，他在灶旁边挖好一个二尺多深的圆坑，像军事掩体，他站在里面工作，这样可以免得老是弯腰。

帮人家做饭，他并挣不了什么钱，除去吃喝，就是看戏方便。这也只是看夜戏，夜间就没人吃饭来了。他懂得各种戏文，也爱唱。

因为长年赶庙会，他交往了各式各样的人。后来，他又"在了理"，听说是一个会道门。有一年，这一带遭了大水，水撤了以后，地变碱了，道旁墙根，都泛起一层白霜。他联合几个外地人，在他家院子里安锅烧小盐。那时烧小盐是犯私的，他在村里人缘好，村里人又都朴实，没人给他报告。就在这年冬季，河北一个村庄的地主家，在儿子新婚之夜，叫人砸了明火。报到县里，盗贼竟是住在楞起叔家烧盐的人们。他们逃走了，县里来人把楞起叔两口子捉进牢狱。

在牢狱一年，他受尽了苦刑，冬天，还差点没把脚冻掉。其实，他什么也没有得到，事前事后也不知情。县里把他放了出来，养了很久，才能劳动。他的妻子，不久就去世了。

他还是好喝酒，好赶集。一喝喝到日平西，人们才散场。然后，他拿着他那条铁棍，踉踉跄跄地往家走。如果是热天，在路上遇到一棵树，或是大麻子棵，他就倒在下面睡到天黑。逢年过节，要账的盈门，他只好躲出去。

他脾气好，又乐观，村里有人叫他老软儿，也有人叫他孙不愁。他有一个儿子，抗日时期参了军。全国解放以后，楞起叔的生活是很好的。他死在邢台地震那一年，也享了长寿。

一九八二年五月三十一日下午

根 雨 叔

根雨叔和我们，算是近支。他家住在村西北角一条小胡同里，这条胡同的一头，可以通到村外。他的父亲弟兄两个，分别住在几间土氅北房里，院子用黄土墙围着，院里有几棵枣树，几棵榆树。根雨叔的伯父，秋麦常给人家帮工，是个老老实实的庄稼人，好像一辈子也没有结过婚。他浑身黝黑，又干瘦，好像古庙里的木雕神像，被烟火熏透了似的。根雨叔的父亲，村里人都说他脾气不好，我们也很少和他接近。听说他的心狠，因为穷，在根雨还很小的时候，就把他的妻子，弄到河北边，卖掉了。

民国六年，我们那一带，遭了大水灾，附近的天主教堂，开办了粥厂，还想出一种以工代赈的家庭副业，叫人们维持生活。清朝灭亡以后，男人们都把辫子剪掉了，把这种头发接结起来，织成网子，卖给外国妇女作发罩，很能赚钱。教会把持了这个买卖，一时附近的农村，几几乎家家都织起网罩来。所用工具很简单，操作也很方便，用一块小竹片作"制板"，再削一支竹梭，上好头发，街头巷尾，年轻妇女们，都在从事这一特殊的生产。

男人们管头发和交货。根雨叔有十几岁了，却和姑娘们坐在一起织网罩，给人一种男不男女不女的感觉。

人家都把辫子剪下来卖钱了，他却逆潮流而动，留起辫子来。他的头发又黑又密，很快就长长了。他每天精心梳理，顾影自怜，真的可以和那些大辫子姑娘们媲美了。

每天清早，他担着两只水筲，到村北很远的地方去挑水。一路上，他"咦——咦"地唱着，那是昆曲《藏舟》里的女角唱段。

不知为什么，织网罩很快又不时兴了。热热闹闹的场面，忽然收了场，人们又得寻找新的生活出路了。

村里开了一家面坊，根雨叔就又去给人家磨面了。磨坊里安着一座脚打罗，在那时，比起手打罗，这算是先进的工具。根雨叔从早到晚在磨坊里工作，非常勤奋和欢快。他是对劳动充满热情的人，他在这充满秽气，挂满蛛网，几乎经不起风吹雨打，摇摇欲坠的破棚子里，一会儿给拉磨的小毛驴扫屎填尿，一会儿拨磨扫磨，然后身靠南墙，站在罗床踏板上：

踢踢跶，踢踢跶，踢跶踢跶踢踢跶……筛起面来。

他的大辫子摇动着，他的整个身子摇动着，他的浑身上下都落满了面粉，他踏出的这种节奏，有时变化着，有时重复着，伴着飞扬洒落的面粉，伴着拉磨小毛驴的打嚏喷、撒尿声，伴着根雨叔自得其乐的歌唱，飘到街上来，飘到野外去。

面坊不久又停业了，他又给本村人家去打短工，当长工。三十岁的时候，他娶了一房媳妇，接连生了两个儿子。他的父亲嫌儿子不孝顺，忽然上吊死了。媳妇不久也因为吃不饱，得了疯病，整天蜷缩在炕角落里。根雨叔把大孩子送给了亲戚，媳妇也忽然不见了。人们传说，根雨叔把她领到远地方扔掉了。

从此，就再也看不见他笑，更听不到他唱了。土地改革时，他得到五亩田地，精神好了一阵子，二儿子也长大成人，娶了媳妇。但他不久就又沉默了。常和儿子吵架。冬天下雪的早晨，他也会和衣睡倒在村北禾场里。终于有一天夜里，也学了他父亲的样子，死去了，薄棺浅葬。一年发大水，他的棺木冲到下水八里外一个村庄，有人来报信，他的儿子好像也没有去收拾。

　　村民们说：一辈跟一辈，辈辈不错制儿。延续了两代人的悲剧，现在可以结束了吧？

一九八二年六月二日

吊挂及其他

吊　挂

每逢新年，从初一到十五，大街之上，悬吊挂。

吊挂是一种连环画。每幅一尺多宽，二尺多长，下面作牙旗状。每四幅一组，串以长绳，横挂于街。每隔十几步，再挂一组。一条街上，共有十几组。

吊挂的画法，是用白布涂一层粉，再用色彩绘制人物、山水、车马等等。故事多取材于《封神演义》《三国演义》《五代残唐》或《杨家将》。其画法与庙宇中的壁画相似，形式与年画中的连环画一样。在我的记忆中，新年时，吊挂只是一种装饰，站立在下面的观赏者不多。因为妇女儿童，看不懂这些故事，而大人长者，已经看了很多年，都已经看厌了。吊挂经过多年风雪吹打，颜色已经剥蚀，过了春节，就又由管事人收起来，放到家庙里去了。吊挂与灯笼并称。年节时街上也挂出不少有绘画的纸灯笼，供人欣赏。杂货铺掌柜叫变吉的，每年在门前挂一个走马灯，小孩们聚下围观。

锣　鼓

村里人，从地亩摊派，置买了一套锣鼓铙钹，平日也放在家庙里，春节才取出来，放在十字大街动用。每天晚上吃过饭，乡亲们集在街头，各执一器，敲打一通，说是娱乐，也是联络感情。

其鼓甚大，有架。鼓手执大棒二，或击其中心，或敲其边缘，缓急轻重，以成节奏。每村总有几个出名的鼓手。遇有求雨或出村赛会，鼓载于车，鼓手立于旁，鼓棒飞舞，有各种花点，是最动人的。

小　戏

小康之家，遇有丧事，则请小戏一台，也有亲友送的。所谓小戏，就是街上摆一张方桌，四条板凳，有八个吹鼓手，坐在那里吹唱。并不化装，一人可演几个角色，并且手中不离乐器。桌上放着酒菜，边演边吃喝。有人来吊孝，则停戏奏哀乐。男女围观，灵前有戚戚之容，戏前有欢乐之意。中国的风俗，最通人情，达世故，有辩证法。

富人家办丧事，则有老道念经。念经是其次，主要是吹奏音乐。这些道士，并不都是职业性质，很多是临时装扮成的，是农民中的音乐爱好者。他们所奏为细乐，笙管云锣，笛子唢呐都有。

最热闹的场面，是跑五方。道士们排成长队，吹奏乐器，绕过或跳过很多板凳，成为一种集体舞蹈。出殡时，他们在灵前吹奏着，走不远农民们就放一条板凳，并设茶水，拦路请他们演奏一番，以致灵车不能前进，延误埋葬。经管事人多方劝说，才得作罢。在农村，一家遇丧事，众人得欢心，总是因为平日文化娱乐太贫乏的缘故。

大　戏

　　农村唱大戏，多为谢雨。农民务实，连得几场透雨，丰收有望，才定期演戏，时间多在秋前秋后。

　　我的村庄小，记忆中，只唱过一次大戏。虽然只唱了一次，却是高价请来的有名的戏班，得到远近称赞。并一直传说：我们村不唱是不唱，一唱就惊人。事前，先由头面人物去"写戏"，就是订合同。到时搭好照棚戏台，连夜派车去"接戏"。我们村庄小，没有大牲口（骡马），去的都是牛车，使演员们大为惊异，说这种车坐着稳当，好睡觉。

　　唱戏一般是三天三夜。天气正在炎热，戏台下万头攒动，尘土飞扬，挤进去就是一身透汗。而有些年轻力壮的小伙子，在此时刻，好表现一下力气，去"扒台板"看戏。所谓扒台板，就是把小褂一脱，缠在腰里，从台下侧身而入，硬拱进去。然后扒住台板，用背往后一靠。身后万人，为之披靡，一片人浪，向后拥去。戏台照棚，为之动摇。管台人员只好大声喊叫，要求他稳定下来。他却得意洋洋，旁若无人地看起戏来。出来时，还是从台下钻出，并夸口说，他看见坤角的小脚了。在农村，看戏扒台板，出殡扛棺材头，都是小伙子们表现力气的好机会。

　　唱大戏是村中的大典，家家要招待亲朋；也是孩子们最欢乐的节日。直到现在，我还记得一个歌谣，名叫"四大高兴"。其词曰：

　　　　新年到，搭戏台，先生（学校老师）走，媳妇来。

　　反之，为"四大不高兴"。其词为：

　　　　新年过，戏台拆，媳妇走，先生来。

可见，在农村，唱大戏和过新年，是同样受到重视的。

一九八二年七月

大 嘴 哥

幼小时，听母亲说，"过去，人们都愿意去店子头你老姑家拜年，那里吃得好。平常日子都不做饭，一家人买烧鸡吃。十年河东，十年河西，现在，谁也不去店子头拜年了，那里已经吃不上饭，就不用说招待亲戚了。"

我没有赶上老姑家的繁盛时期，也没有去拜过年。但因为店子头离我们村只有三里地，我有一个表姐，又嫁到那里，我还是去玩过几次的。印象中，老姑家还有几间高大旧砖房，人口却很少，只记得一个疤眼的表哥，在上海织了几年布，也没有挣下多少钱，结不了婚。其次就是大嘴哥。

大嘴哥比我大不了多少，也没有赶上他家的鼎盛时期。他发育不良，还有些喘病，因此农活上也不大行，只能干一些零碎活。

在我外出读书的时候，我们家已经渐渐上升为富农。自己没有主要劳力，除去雇一名长工外，还请一两个亲戚帮忙，大嘴哥就是这样来我们家的。

他为人老实厚道，干活尽心尽力，从不和人争争吵吵。平日也没有花言巧语，问他一句，他才说一句。所以，我们虽然年岁相当，却很少在一块玩玩谈谈。我年轻时，也是世俗观念，认为能说会道，才是有本事的人；老实人就是窝囊人。在大嘴哥那一面，他或者想，自己的家道中衰，寄人篱下，和我之间，也有些隔阂。

他在我们家，待的时间很长，一直到土改，我家的田地分了出去，他才回到店子头去了。按当时的情况，他是一个贫农，可以分到一些田地。不过他为人孱弱，斗争也不会积极，上辈的成分又不太好，我估计他也得不到多少实惠。

这以后，我携家外出，忙于衣食。父亲、母亲和我的老伴，又相继去世，没有人再和我念叨过去的老事。十年动乱，身心交瘁，自顾不暇，老家亲戚，不通音问，说实在的，我把大嘴哥差不多忘记了。

去年秋天，一个叔伯侄子从老家来，临走时，忽然谈到了大嘴哥。他现在是个孤老户。村里把我表姐的两个孩子找去，说："如果你们照顾他的晚年，他死了以后，他那间屋子，就归你们。"两个外甥答应了。

我听了，托侄子带了十元钱，作为对他的问候。那天，我手下就只有这十元钱。

今年春天，在石家庄工作的大女儿退休了，想写点她幼年时的回忆，在她寄来的材料中，有这样一段：

在抗战期间，我们村南有一座敌人的炮楼。日本鬼子经常来我们村"扫荡"，找事，查户口，每家门上都有户口册。有一天，日本鬼子和伪军，到我们家查问父亲的情况。当时我和母亲，还有给我家帮忙的大嘴大伯在家。母亲正给弟弟喂奶，忽听大门给踢开了，把我和弟弟抱在怀里，吓得浑身哆嗦。一个很凶的伪军问母亲，孙振海（我的小名——犁注）到哪里去了？随手就把弟弟的被褥，用刺刀挑了一地。母亲壮了壮胆说，到祁州做买卖去了。日本鬼子又到西屋搜查。当时大嘴大伯正在西屋给牲口喂草，他们以为是我家的人。伪军问：孙振海到哪里去了？大伯说不知道。他们把大伯吊在房梁上，用棍子打，打得昏过去了，又用水泼，大伯什么也没有说，日本鬼子走了以后，我们全家人把大伯解下来，母亲难过地说：叫你跟着受苦了。

大女儿幼年失学，稍大进厂做工，写封信都费劲。她写的回忆，我想是没有虚假的。那么，大嘴哥还是我们一家的救命恩人。抗战胜利，我回到家里，他从来没有提起过这件事。初进城那几年，我的生活还算不错，他从来没有找过我，也没有来过一次信。他见到和听到了，我和我的家庭，经过的急剧变化。他可能对自幼娇生惯养，不能从事生产的我，抱有同情和谅解之心。我自己是惭愧的。这些年，我的心，我的感情，变得麻痹，也有些冷漠了。

一九八五年六月二十七日下午

大　　根

　　岳父只有两个女儿，和我结婚的，是他的次女。到了五十岁，他与妻子商议，从本县河北一贫家，购置一妾，用洋三百元。当领取时，由长工用粪筐背着银元，上覆柴草，岳父在后面跟着。到了女家，其父当场点数银元，并一一当当敲击，以视有无假洋。数毕，将女儿领出，毫无悲痛之意。岳父恨其无情，从此不许此妾归省。有人传言，当初相看时，所见者为其姐，身高漂亮，此女则瘦小干枯，貌亦不扬。村人都说：岳父失去眼窝，上了媒人的当。

　　婚后，人很能干，不久即得一子，取名大根，大做满月，全家欢庆。第二胎，为一女孩，产时值夜晚，仓促间，岳父被墙角一斧伤了手掌，染破伤风，遂致不起。不久妾亦猝死，祸起突然，家亦中落。只留岳母带领两个孩子，我妻回忆：每当寒冬夜晚，岳母一手持灯，两个小孩拉着她的衣襟，像扑灯蛾似的，在那空荡荡的大屋子出出进进，实在悲惨。

　　大根稍大以后，就常在我家。那时，正是抗日时期，他们家离据点近，每天黎明，这个七八岁的孩子，牵着他喂养的一只山羊，就从他们村里出来到我们村，黄昏时再回去。

　　那时我在外面抗日。每逢逃难，我的老父带着一家老小，再加上大根和他那只山羊，慌慌张张，往河北一带逃去。在路上遇到本村一个卖烧饼馃子的，父亲总是说："把你那柜子给我，我都要了！"这样既可保证一家人不致挨饿，又可以作为掩护。

平时，大根跟着我家长工，学些农活。十几岁上，他就努筋拔力，耕种他家剩下的那几亩土地了。岳母早早给他娶了一个比他大几岁，很漂亮又很能干的媳妇，来帮他过日子。不久，岳母也就去世了。小小年纪，十几年间，经历了三次大丧事。

大根很像他父亲，虽然没念什么书，却聪明有计算，能说，乐于给人帮忙和排解纠纷，在村里人缘很好。土改时，有人想算他家的旧账，但事实上已经很穷，也就过去了。

他在村里，先参加了村剧团，演《小女婿》中的田喜，他本人倒是个地地道道的小女婿。

二十岁时，他已经有两个儿子，加上他妹妹，五口之家，实在够他巴结的。他先和人家合伙，在集市上卖饺子，得利有限。那些年，赌风很盛，他自己倒不赌，因为他精明，手头利索，有人请他代替推牌九，叫作枪手。有一次在我们村里推，他弄鬼，被人家看出来，几乎下不来台，念他是这村的亲戚，放他走了。随之，在这一行，他也就吃不开了。

他好像还贩卖过私货，因为有一年，他到我家，问他二姐有没有过去留下的珍珠，他二姐说没有。

后来又当了牲口经纪。他自己也养骡驹子，他说从小就喜欢这玩意儿。

"文革"前，他二姐有病，他常到我家帮忙照顾，他二姐去世，这些年就很少来了。

去年秋后，他来了一趟，也是六十来岁的人了，精神不减当年，相见之下，感慨万端。

他有四个儿子，都已成家，每家五间新砖房，他和老伴，也是五间。

有八个孙子孙女，都已经上学。大儿子是大乡的书记，其余三个，也都在乡里参加了工作。家里除养一头大骡子，还有一台拖拉机。责任田，是他带着儿媳孙子们去种，经他传艺，地比谁家种得都好。一出动就是一大帮，过往行人，还以为是个没有解散的生产队。

多年不来，我请他吃饭。

"你还赶集吗？还给人家说合牲口吗？"席间，我这样问。

"还去。"他说，"现在这一行要考试登记，我都合格。"

"说好一头牲口，能有多大好处？"

"有规定。"他笑了笑，终于语焉不详。

"你还赌钱吗？"

"早就不干了。"他严肃地说，"人老了，得给孩子们留个名誉，儿子当书记，万一出了事，不好看。"

我说："好好干吧！现在提倡发家致富，你是有本事的人，遇到这样的社会，可以大展宏图。"

他叫我给他写一幅字，裱好了给他捎去。他说："我也不贴灶王爷了，屋里挂一张字画吧。"

过去，他来我家，走时我没有送过他。这次，我把他送到大门外，郑重告别。因为我老了，以后见面的机会，不会再多了。

一九八六年八月十四日

报纸的故事

一九三五年的春季，我失业家居。在外面读书看报惯了，忽然想订一份报纸看看。这在当时确实近于一种幻想，因为我的村庄，非常小又非常偏僻，文化教育也很落后。例如村里虽然有一所小学校，历来就没有想到订一份报纸。村公所就更谈不上了。而且，我想要订的还不是一种小报，是想要订一份大报，当时有名的《大公报》。这种报纸，我们的县城，是否有人订阅，我不敢断言，但我敢说，我们这个区，即子文镇上是没人订阅过的。

我在北京住过，在保定学习过，都是看的《大公报》。现在我失业了，住在一个小村庄，我还想看这份报纸。我认为这是一份严肃的报纸，是一些有学问的，有事业心的，有责任感的人，编辑的报纸。至于当时也是北方出版的报纸，例如《益世报》《庸报》，都是不学无术的失意政客们办的，我是不屑一顾的。

我认为《大公报》上的文章好。它的社论是有名的，我在中学时，老师经常选来给我们当课文讲。通讯也好，有长江等人写的地方通讯，还有赵望云的风俗画。最吸引我的还是它的副刊，它有一个文艺副刊，是沈从文编辑的，经常登载青年作家的小说和散文。还有小公园，还有艺术副刊。

说实在的，我是想在失业之时，给《大公报》投投稿，而投了稿子去，又看不到报纸，这是使人苦恼的。因此，我异想天开地想订一份《大公报》。

我首先，把这个意图和我结婚不久的妻子说了说。以下是我们的对话实录：

"我想订份报纸。"

"订那个干什么？"

"我在家里闲着很闷，想看看报。"

"你去订吧。"

"我没有钱。"

"要多少钱？"

"订一月，要三块钱。"

"啊！"

"你能不能借给我三块钱？"

"你花钱应该向咱爹去要，我哪里来的钱？"

谈话就这样中断了。这很难说是愉快，还是不愉快，但是我不能再往下说了。因为我的自尊心，确实受了一点损伤。是啊，我失业在家里待着，这证明书就是已经白念了。白念了，就安心在家里种地过日子吧，还要订报。特别是最后这一句："我哪里来的钱？"这对于作为男子汉大丈夫的我，确实是千钧之重的责难之词！

其实，我知道她还是有些钱的，作个最保守的估计，她可能有十五元钱。当然她这十五元钱，也是来之不易的。是在我们结婚的大喜之日，她的"拜钱"。每个长辈，赏给她一元钱，或者几毛钱，她都要拜三拜，叩三叩。你计算一下，十五元钱，她一共要起来跪下，跪下起来多少次啊。

她把这些钱，包在一个红布小包里，放在立柜顶上的陪嫁大箱里，箱子落了锁。每年春节闲暇的时候，她就取出来，在手里数一数，然后再包好放进去。

在妻子面前碰了钉子,我只好硬着头皮去向父亲要,父亲沉吟了一下说:

"订一份《小实报》不行吗?"

我对书籍、报章,欣赏的起点很高,向来是取法乎上的。《小实报》是北平出版的一种低级市民小报,属于我不屑一顾之类。我没有说话,就退出来了。

父亲还是爱子心切,晚上看见我,就说:

"愿意订就订一个月看看吧,集晌多粜一斗麦子也就是了。长了可订不起。"

在镇上集日那天,父亲给了我三块钱,我转手交给邮政代办所,汇到天津去。同时还寄去两篇稿子。我原以为报纸也像取信一样,要走三里路来自取的,过了不久,居然有一个专人,骑着自行车来给我送报了,这三块钱花得真是气派。他每隔三天,就骑着车子,从县城来到这个小村,然后又通过弯弯曲曲的,两旁都是黄土围墙的小胡同,送到我家那个堆满柴草农具的小院,把报纸交到我的手里。上下打量我两眼,就转身骑上车走了。

我坐在柴草上,读着报纸。先读社论,然后是通讯、地方版、国际版、副刊,甚至广告、行情,都一字不漏地读过以后,才珍重地把报纸叠好,放到屋里去。

我的妻子,好像是因为没有借给我钱,有些过意不去,对于报纸一事,从来也不闻不问。只有一次,带着略有嘲弄的神情,问道:

"有了吗?"

"有了什么?"

"你写的那个。"

"还没有。"我说。其实我知道,她从心里是断定不会有的。

直到一个月的报纸看完,我的稿子也没有登出来,证实了她的想法。

　　这一年夏天雨水大，我们住的屋子，结婚时裱糊过的顶棚、壁纸，都脱落了。别人家，都是到集上去买旧报纸，重新糊一下。那时日本侵略中国，无微不至，他们的旧报，如《朝日新闻》《读卖新闻》，都倾销到这偏僻的乡村来了。妻子和我商议，我们是不是也把屋子糊一下，就用我那些报纸，她说：

　　"你已经看过好多遍了，老看还有什么意思？这样我们就可以省下块数来钱，你订报的钱，也算没有白花。"

　　我听她讲的很有道理，我们就开始裱糊房屋了，因为这是我们的幸福的窝巢呀。妻刷糨糊我糊墙。我把报纸按日期排列起来，把有社论和副刊的一面，糊在外面，把广告部分糊在顶棚上。

　　这样，在天气晴朗，或是下雨刮风不能出门的日子里，我就可以脱去鞋子，上到炕上，或仰或卧，或立或坐，重新阅读我所喜爱的文章了。

一九八二年二月九日

牲口的故事

在我童年的记忆里,我们这个小小的村庄,饲养大牲口——即骡马的人家很少。除去西头有一家地主,其实也是所谓经营地主,喂着一骡一马外,就只有北头的一家油坊,喂着四五头大牲口,挂着两辆长套大车,作运输油和原料的工具。他家的大车,总是在人们还没有起床的时候,就从村里摇旗呐喊地出发了,而直到天黑以后,才从远远的地方赶回来,人喊马嘶的声音,送到每家每户正在灯下吃晚饭的人们耳中,人们心里都要说一句:

"油坊的车回来了!"

当我在村中念小学的时候,有几年的时间,我们家也挂了一辆大车,买了一骡一马,农闲时,由叔父赶着去作运输。这时我们家已经上升为中农。但不久父亲就叫把骡马卖了,因为兵荒马乱,这种牲口是最容易惹事的。从此,我们家总是养一头大黄牛,有时再喂一匹驴,这是为的接送在外面做生意的父亲。

我小的时候,父亲或叔父,常常把我放在驴背的前面,一同乘骑。我记得有一匹大叫驴,夏天舅父牵着它过滹沱河,被船夫们哄骗,叫驴凫水,结果淹死了,一家人很难过了些日子。

后来,接送我父亲,就常常借用街上当牲口经纪的四海的小毛驴。

他这头小毛驴，比大山羊高不了多少，但装饰得很漂亮，一串挂红缨的铜铃，鞍鞯齐备。那时，当牲口经纪的都养一匹这样的小毛驴。每逢集日，清早骑着上市，事情完后，酒足饭饱，已是黄昏，一个个偏骑在小驴背上，扬鞭赶路，那种目空一切的神气，就是凯旋的将军，也难以比得的。

后来我到了山地，才知道，这种小毛驴，虽然谈不上名贵，用途却是很多的。它们能驮山果、木材、柴草，能往山上送粪，能往山下运粮，能走亲访友，能迎婚送嫁。它们负着比它身体还重的货载，在上山时，步步留神，在下山时，兢兢业业，不声不响，直到完成任务为止。

抗日战争时期，在军旅运输上，小毛驴也帮了我们不少忙。那时的交通站上，除去小孩子，就是小毛驴用处最大，也最活跃。战争后期，我们从延安出发华北，我当了很长时间的毛驴队长。骑毛驴的都是身体不好的女同志。一天夜晚，偷越同蒲路，因为一位女同志下驴到高粱地去小便，以致与前队失了联络，铁路没有过成，又退回来。第二天夜里再过，我宣布：凡是女同志小便，不准远离队列，即在驴边解手。解毕，由牵驴人立即抱之上驴，在驴背上再系腰带。由于我这一发明，此夜得以胜利通过敌人的封锁线，直到现在，想起来，还觉得有些得意。

平分土地的同时，地主家的骡马，富农家的大黄牛，被贫农团牵走，贫农一家喂不起，几家合喂，没人负责，牲口糟踏了不少。成立了互助组，小驴小牛时兴一阵。成立了合作社，骡马又有了用武之地。以后农村虽然有了铁牛，牲畜的用途还是很多，但喂养都不够细心，使用也不够爱惜。牲口饿跑了，被盗了的情况，时常发生。有一年我回到故乡，正值春耕之时，平原景色如故，遍地牛马，忽然见到一匹骆驼耕地。骆驼这东西，在我们这一带原很少见，是庙会上，手摇串铃的蒙古大夫牵着的玩意。以它形状新奇，很能招揽观众。现在突然出现在平原上，高峰长颈，昂视阔步，像一座游动的小山，显得很不协调。我问乡亲们是怎么回事，有人告诉我：不知从哪里跑来这么一匹饿坏了的骆驼，一直跑到大队的牲口棚，伸脖子就吃草，把棚子里的一匹大骡子吓惊了断缰窜出，直到现在还没找回来。一匹骡子换了一匹骆驼，真不上算。大队试试它能拉犁不，还行！

很有些年，小毛驴的命运，甚是不佳。据说，有人从山西来，骑着一匹小毛驴，到了平原，把缰绳一丢，就不再要它，随它去了。其不值钱，可想而知。

但从农村实行责任制以后，小毛驴的身价顿增，何止百倍？牛的命运也很好了。

呜呼，万物兴衰相承，显晦有时，乃不易之理，而其命运，又无不与政治、政策相关也。

一九八三年一月二十二日

猫鼠的故事

目前，我屋里的耗子多极了。白天，我在桌前坐着看书或写字，它们就在桌下来回游动，好像并不怕人。有时，看样子我一跺脚就可以把它踩死，它却飞快跑走了。夜晚，我躺在床上，偶一开灯，就看见三五成群的耗子，在地板、墙根串游，有的甚至钻到我的火炉下面去取暖，我也无可奈何。

有朋友劝我养一只猫。我说，不顶事。

这个都市的猫是不拿耗子的。这里的人们养猫，是为了玩，并不是为了叫它捉耗子，所以耗子方得如此猖獗。这里养猫，就像养花种草、玩字画古董一样，把猫的本能给玩得无影无踪了。

我有一位邻居，也是老干部，他养着一只黄猫，据说品种花色都很讲究。每日三餐，非鱼即肉，有时还喂牛奶。三日一梳毛，五日一沐浴。每天抱在怀里抚摩着，亲吻着。夜晚，猫的窝里，有铺的，有盖的，都是特制的小被褥。

这样养了十几年，猫也老了，偶尔下地走走，有些蹒跚迟顿。它从来不知耗子为何物，更不用说有捕捉之志了。

我还是选用了我们原始祖先发明的捕鼠工具：夹子。支得得法，每天可以打住一只或两只。

我把死鼠埋到花盆里去。朋友问我为什么不送给院里养猫的人家。我说：这里的猫，不只不捉耗子，而且不吃耗子。

这是不久以前的经验教训。我打住了一只耗子，好心好意送给邻居，说：

"叫你家的猫吃了吧。"

主人冷冷地说：

"那上面有跳蚤，我们的猫怕传染。如果是吃了耗子药，那就更麻烦。"

我只好提了回来，埋在地里。

又过了不久，终于出现了以下如果不是我亲眼所见，一定有人会认为是造谣的场面。

有一家，在阳台上盛杂物的筐里，发见了一窝耗子，一群孩子呼叫着："快去抱一只猫来，快去抱一只猫来！"

正赶上老干部抱着猫在阳台上散步，他忽然动了试一试的兴致，自告奋勇，把猫抱到了筐前，孩子们一齐呐喊：

"猫来了，猫来捉耗子了！"

老人把猫往筐里一放，猫跳出来。再放再跳，三放三跳，终于逃回家去了。

孩子们大失所望，一齐喊："废物猫，猫废物！"

老人的脸红了。他跑到家里，又把猫抱回来，硬把它按进筐里，不松手。谁知道，猫没有去咬耗子，耗子却不客气，把老干部的手指咬伤，鲜血淋淋，只好先到卫生所，去进行包扎。

群儿大笑不止。其实这无足奇怪，因为这只老猫，从来不认识耗子，它见了耗子实在有些害怕。

十年动乱期间，我曾回到老家，住在侄子家里。那一年收成不好，耗子却很多，侄子从别人家要来一只尚未断奶的小猫，又舍不得喂它，小猫枯瘦如柴，走路都不稳当。有一天，我看见它从立柜下面，连续拖出两只比它的身体还长一段的大耗子，找了个背静地方全吃了。这就叫充分发挥了猫的本能。

其实，这个大都市，猫是很多的。我住的是个大杂院，每天夜里，猫叫为灾。乡下的猫，是二八月到房顶上交尾，这里的猫，不分季节，冬夏常青。也不分场合，每天夜里，房上房下，窗前门后，互相追逐，互相呼叫，那声音悲惨凄厉，难听极了：有时像狼，有时像枭，有时像泼妇刁婆，有时像流氓混混儿。直至天明，还不停息。早起散步，还看见一院子是猫，发情求配不已。

这样多的猫在院里，那样多的耗子在屋里，这也算是一种矛盾现象吧？

城狐社鼠，自古并称。其实，狐之为害，远不及鼠。鼠形体小，而繁殖众，又密迩人事，投之则忌器，药之恐误伤，遂使此蕞尔细物，子孙繁衍，为害无止境。幼年在农村，闻父老言，捕田鼠缝闭其肛门，纵入家鼠洞内，可尽除家鼠。但做此种手术，易被咬伤手指，终于未曾实验。

一九八三年四月五日

昆虫的故事

人的一生，真正的欢乐，在于童年。成年以后的欢乐，则常带有种种限制。例如说：寻欢取乐，强作欢笑，甚至以苦为乐等等。

而童年的欢乐，又在于黄昏。这是因为：一天劳作之后，晚饭未熟之前，孩子们是可以偷一些空闲，尽情玩一会儿的。时间虽短，其欢乐的程度，是大大超过青年人的人约黄昏后的情景的。

黄昏的欢乐，又多在春天和夏天，又常常和昆虫有关。

一是捉黑老婆虫。

这种昆虫，黑色，有硬壳，但下面又有软翅。当村边的柳树初发芽时，它们不知从何处飞来，群集在柳枝上。儿童们用脚一踢树干，它们就纷纷落地装死。儿童们争先恐后地把它们装入瓶子，拿回家去喂鸡。我们的童年，即使是游戏，也常常和衣食紧密相连。

二是摸爬爬儿。

爬爬儿是蝉的幼虫，黄昏时从地里钻出来，爬到附近的树上，或是篱笆上。第二天清晨，脱去一层黄色的皮，就变成了蝉。

摸蝉的幼虫，有两种方式。一是摸洞，每到黄昏，到场边树下去转游，看到有新挖开的小洞，用手指往里一探，幼虫的前爪，就会钩住你的手指，随即带了出来。这种洞是有特点的，口很小，呈不规则圆形，边缘很薄。我幼年时，是察看这种洞的能手，几乎百无一失。另一种方式是摸树。这时天渐渐黑了，幼虫已经爬到树上，但还停留在树的下部，用手从树的周围去摸。这种方式，有点碰运气，弄不好，还会碰到别的虫子，例如蝎子，那就很倒霉了。而且这时母亲也就要喊我们回家吃饭了。

捉了蝉的幼虫，回家用盐水泡起来，可以煎着吃。

三是抄老道儿。

我们那里，沙地很多，都是白沙，一望无垠，洁白如雪，人们就种上柳子。柳子地，是我童年的一大乐园。玩累了，坐在沙地上，就会看见有很多小酒盅似的坑儿。里面光滑整洁，无声无息，偶尔有一个蚂蚁或是小飞虫，滑落到里面，很快就没有踪迹了。我们一边嘴里念念有词："老道儿，老道儿，我给你送肉吃来了。"一边用手往沙地深处猛一抄，小酒盅就到了手掌，沙土从指缝里流落，最后剩一条灰色软体的，形似书鱼而略大的小爬虫在掌心。这种虫子就叫老道儿。它总是倒着走，把它放在沙地上，它迅速地倒退着，不久就又形成一个窝，它也不见了。

它的头部，有两只很硬的钳子。别的小昆虫一掉进它的陷阱，被它拉进土里吃掉，这就叫无声的死亡，或者叫莫名其妙的死亡。

现在想来：道家以清静无为、玄虚冲淡为教旨。导引吐纳、餐风饮露以延年。虫之所为，甚不类矣。何以千古相传，赐此嘉名？岂农民对诡秘之行，有所讽喻乎？

一九八四年三月二十八日上午

鞋 的 故 事

我幼小时穿的鞋,是母亲做。上小学时,是叔母做,叔母的针线活好,做的鞋我爱穿,结婚以后,当然是爱人做,她的针线也是很好的。自从我到大城市读书,觉得"家做鞋"土气,就开始买鞋穿了。时间也不长,从抗日战争起,我就又穿农村妇女们做的"军鞋"了。

现在老了,买的鞋总觉得穿着别扭。想弄一双家做鞋,住在这个大城市,离老家又远,没有办法。

在我这里帮忙做饭的柳嫂,是会做针线的,但她里里外外很忙,不好求她。有一年,她的小妹妹从老家来了。听说是要结婚,到这里置办陪送。连买带做,在姐姐家很住了一程子。有时闲下来,柳嫂和我说了不少这个小妹妹的故事。她家很穷苦。她这个妹妹叫小书绫,因为她最小。在家时,姐姐带小妹妹去浇地,一浇浇到天黑。地里有一座坟,坟头上有很大的狐狸洞,棺木的一端露在外面,白天看着都害怕。天一黑,小书绫就紧抓着姐姐的后衣襟,姐姐走一步,她就跟一步,闹着回家。弄得姐姐没法干活儿。

现在大了,小书绫却很有心计。婆家是自己找的,订婚以前,她还亲自到婆家私访一次。订婚以后,她除拼命织席以外,还到山沟里去教人家织席。吃带砂子的饭,一个月也不过挣二十元。

我听了以后，很受感动。我有大半辈子在农村度过，对农村女孩子的勤快劳动，质朴聪明，有很深的印象，对她们有一种特殊的感情。可惜进城以后，失去了和她们接触的机会。城市姑娘，虽然漂亮，我对她们终是格格不入。

柳嫂在我这里帮忙，时间很长了。用人就要做人情。我说："你妹妹结婚，我想送她一些礼物。请你把这点钱带给她，看她还缺什么，叫她自己去买吧！"

柳嫂客气了几句，接受了我的馈赠。过了一个月，妹妹的嫁妆操办好了，在回去的前一天，柳嫂把她带了来。

这女孩子身材长得很匀称，像农村的多数女孩子一样，她的额头上，过早地有了几条不太明显的皱纹。她脸面清秀，嘴唇稍厚一些，嘴角上总是带有一点微笑。她看人时，好斜视，却使人感到有一种深情。

我对她表示欢迎，并叫柳嫂去买一些菜，招待她吃饭，柳嫂又客气了几句，把稀饭煮上以后，还是提起篮子出去了。

小书绫坐在炉子旁边，平日她姐姐坐的那个位置上，看着煮稀饭的锅。我坐在旁边的椅子上。

"你给了我那么多钱。"她安定下来以后，慢慢地说，"我又帮不了你什么忙。"

"怎么帮不了？"我笑着说，"以后我走到那里，你能不给我做顿饭吃？"

"我给你做什么吃呀？"女孩子斜视了我一眼。

"你可以给我做一碗面条。"我说。

我看出，女孩子已经把她的一部分嫁妆穿在身上。她低头撩了撩衣襟说：

"我把你给的钱，买了一件这样的衣服。我也不会说，我怎么谢承你呢？"

我没有看准她究竟买了一件什么衣服，因为那是一件内衣。我忽然想起鞋的事，就半开玩笑地说："你能不能给我做一双便鞋呢？"

这时她姐姐买菜回来了。她没有说行，也没有说不行，只是很注意地看了看我伸出的脚。

我又把求她做鞋的话，对她姐姐说了一遍。柳嫂也半开玩笑地说：

"我说哩，你的钱可不能白花呀！"

告别的时候，她的姐姐帮她穿好大衣，箍好围巾，理好鬓发。在灯光之下，这女孩子显得非常漂亮，完全像一个新娘，给我留下了容光照人，不可逼视的印象。

这时女孩子突然问她姐姐："我能向他要一张照片吗？"我高兴地找了一张放大的近照送给她。

过春节时，柳嫂回了一趟老家，带回来妹妹给我做的鞋。

她一边打开包，一边说：

"活儿做得精致极了，下了功夫哩。你快穿穿试试。"

我喜出望外，可惜鞋做得太小了。我懊悔地说：

"我短了一句话，告诉她往大里做就好了。我当时有一搭没一搭，没想她真给做了。"

"我拿到街上，叫人家给拍打拍打，也许可以穿。"柳嫂说。

拍打以后，勉强能穿了。谁知穿了不到两天，一个大脚趾就瘀了血。我还不死心，又当拖鞋穿了一夏天。

我很珍重这双鞋。我知道，自古以来，女孩子做一双鞋送人，是很重的情意。

我还是没有合适的鞋穿。这二年柳嫂不断听到小书绫的消息：她结了婚，生了一个孩子，还是拼命织席，准备盖新房。柳嫂说：

"要不，就再叫小书绫给你做一双，这次告诉她做大些就是了。"

我说："人家有孩子，很忙，不要再去麻烦了。"

柳嫂为人慷慨，好大喜功，终于买了鞋面，写了信，寄去了。

现在又到了冬天，我的屋里又生起了炉子。柳嫂的母亲从老家来，带来了小书绫给我做的第二双鞋，穿着很松快，我很满意。柳嫂有些不满地说："这活儿做得太粗了，远不如上一次。"我想：小书绫上次给我做鞋，是感激之情。这次是情面之情。做了来就很不容易了。我默默地把鞋收好，放到柜子里，和第一双放在一起。

柳嫂又说："小书绫过日子心胜，她男人整天出去贩卖东西。听我母亲说，这双鞋还是她站在院子里，一边看着孩子，一针一线给你做成的哩。眼前，就是农村，也没有人再穿家做鞋了，材料、针线都不好找了。"

她说的都是真情。我们这一代人死了以后，这种鞋就不存在了，长期走过的那条饥饿贫穷、艰难险阻、山穷水尽的道路，也就消失了。农民的生活变得富裕起来，小书绫未来的日子，一定是甜蜜美满的。

那里的大自然风光，女孩子们的纯朴美丽的素质，也许是永存的吧。

一九八四年十二月十六日

吃饭的故事

我幼小时，因为母亲没有奶水，家境又不富裕，体质就很不好。但从上了小学，一直到参加革命工作，一日三餐，还是能够维持的，并没有真正挨过饿。当然，常年吃的也不过是高粱小米，遇到荒年，也吃过野菜蝗虫，饽饽里也掺些谷糠。

一九三八年，参加抗日，在冀中吃得还是好的。离家近，花钱也方便，还经常吃吃小馆。后来到了阜平，就开始一天三钱油三钱盐的生活，吃不饱的时候就多了。吃不饱，就到野外去转悠，但转悠还是当不了饭吃。

菜汤里的萝卜条，一根赶着一根跑，像游鱼似的。有时是杨叶汤，一片追着一片，像飞蝶似的。又不断行军打仗，就是这样的饭食，也常常难以为继。

一九四四年到了延安，丰衣足食；不久我又当了教员，吃上小灶。

日本投降以后，我从张家口一个人徒步回家，每天行程百里，一路上吃的是派饭。有时夜晚赶到一处，桌上放着两个糠饼子，一碟干辣子，干渴得很，实在难以下咽，只好忍饥睡下，明天再碰运气。

到家以后，经过八年战争，随后是土地改革，家中又无劳动力，生活已经非常困难。我的妻子，就是想给我做些好吃的，也力不从心了。

　　此后几年，我过的是到处吃派饭的生活。土改平分，我跟着工作组住在村里，吃派饭。工作组走了，我想写点东西，留在村里，还是吃派饭。对给我饭吃，给我房住的农民，特别有感情，总是恋恋不舍，不愿离开。在博野的大西章村，饶阳的大张岗村，都是如此。在土改正在进行时，农民对工作组是很热情的；经过急风暴雨，工作组一撤，农民或者因为分到的东西少，或者因为怕翻天，心情就很复杂了。我不离开，房东的态度，已经有很大的不同，首先表现在饭食上。后来有人警告我：继续留在村里，还有危险。我当时确实没有想到。

　　有时为了减轻家庭负担，我还带上大女儿，到一个农村去住几天，叫她跟着孩子们到地里去拣花生，或是跟着房东大娘纺线。我则体验生活，写点小说。

　　这种生活，实际上也是饥一顿，饱一顿，持续了有二三年的时间。

　　进城以后，算是结束了这种吃饭方式。

　　一九五三年，我又到安国县下乡半年。吃派饭有些不习惯，我就自己做饭，每天买点馒头，煮点挂面，炒个鸡蛋。按说这是好饭食，但有时我嫌麻烦，就三顿改为两顿，有时还是饿着肚子，到沙岗上去散步。

　　我还进城买些点心、冰糖，放在房东家的橱柜里。房东家有两房儿媳妇，都在如花之年，每逢我从外面回来，就一齐笑脸相迎说：

　　"老孙，我们又偷吃你的冰糖了。"

　　这样，吃到我肚子里去的，就很有限了。虽然如此，我还是很高兴的。能得到她们的欢心，我就忘记饥饿了。

　　　　　　　　　　一九八三年九月一日晨，大雨不能外出

钢笔的故事

我在小学时，写字都是用毛笔。上初中时，开始用蘸水钢笔尖。到高中时，阔气一点的同学，已经有不少人用自来水笔，是从美国进口的一种黑杆自来水笔，买一支要五元大洋。我的家境不行，但年轻时，也好赶时髦。我有一个同班同学，叫张砚方，他的父亲是个军官，张砚方写得一手好魏碑字，这时已改用自来水笔，钢笔字还带有郑文公的风韵。他慷慨地借给了我五元钱，使我顺利地进入了使用自来水笔的行列。钢笔借款，使我心里很不安，又不敢向家里去要，直到张砚方大学毕业时，不愿写毕业论文，把我写的一篇"同路人文学论"拿去交卷，我才轻松了下来。其实我那篇文章，即使投稿，也不会中选，更不用说得什么评论奖了。

这支钢笔，作为宝贵财产，在抗日战争时期，家里人把它埋藏在草屋里。我已经离开家乡到山里去了。我家喂着一头老黄牛，有一天长工清扫牛槽时，发见了这支钢笔。因为是塑料制造，不是味道，老牛咀嚼很久，还是把它吐了出来。

在山里，我又用起钢笔尖，用秫秸做笔杆。那时就是钢笔尖，也很难买到，都是经过小贩，从敌占区弄来的。有一次，我从一个同志的桌上，拿了一个新钢笔尖用，惹得这个同志很不高兴。

就是用这种钢笔，在山区，我还是写了不少文章，原始工具，并不妨碍文思。

抗日战争胜利，我回到了冀中。先是杨循同志送我一支自来水笔，后来，邓康同志又送我一支。我把老杨送我的一支，送给了老秦。

不久，实行土改，我的家是富农，财产被平分。家里只有老母、弱妻和几个小孩子，没有劳力，生活很困难。我先是用自行车带着大女孩子下乡，住在老乡家里，女孩子跟老太太们一块纺线，有时还同孩子们到地里拾些花生、庄稼。后来，政策越来越严格，小孩子不能再吃公粮，我只好把她送回家去。因家庭成分不好，我有多半年不能回家。有一次回家，看见大女孩子，一个人站在屋后的深水里割高粱，我只好放下车子，挽起裤子，帮她去干活。

回到家里，一家人都在为今后的生活发愁。我告诉他们，周而复同志给我编了一本集子，在香港出版，托周扬同志给我带来了几十元稿费。现在我不能带钱回家，我已经托房东，籴了三斗小米，以后政策缓和了，可以运回来。这一番话，并不能解除家人的忧虑。妻说，三斗小米，够吃几天，哪里是长远之计？

我又说，我身上还有一支钢笔，这支钢笔是外国货，可以卖些钱，你们做个小本买卖，比如说卖豆菜，还可以维持一段时间。家人未加可否。

这都是杞人之忧，解放战争进行得出人意外地顺利，不久我就随军进入天津，忧虑也随之云消雾散。

进城以后，我买了一支大金星钢笔，笔杆很粗，很好用，用了很多年，写了不少字。稿费多了，有人劝我买一支美国派克笔。我这人经不起人劝说，就托机关的一位买办同志，去买了一支，也忘记花了多少钱。"文化大革命"，这是一条。群众批判说：国产钢笔就不能写字？为什么要用外国笔？我觉得说得也是，就检讨说：文章写得好不好，确实不在用什么笔。群众说检讨得不错。

其实，这支钢笔，我一直没有用过。我这个人小气，不大方，有什么好东西，总是放着，舍不得用。抄家时抄去了，后来又发还了，还是锁在柜子里。此生此世，我恐怕不会用它了。现在，机关每年要发一支钢笔，我的笔筒里已经存放着好几支了。

一九八五年四月十一日

母亲的记忆

母亲生了七个孩子，只养活了我一个。一年，农村闹瘟疫，一个月里，她死了三个孩子。爷爷对母亲说：

"心里想不开，人就会疯了。你出去和人们斗斗纸牌吧！"

后来，母亲就养成了春冬两闲和妇女们斗牌的习惯；并且常对家里人说：

"这是你爷爷吩咐下来的，你们不要管我。"

麦秋两季，母亲为地里的庄稼，像疯了似的劳动。她每天一听见鸡叫就到地里去，帮着收割、打场。每天很晚才回到家里来。她的身上都是土，头发上是柴草。蓝布衣裤汗湿得泛起一层白碱，她总是撩起褂子的大襟，抹去脸上的汗水。她的口号是："争秋夺麦！""养兵千日，用兵一时！"一家人谁也别想偷懒。

我生下来，就没有奶吃。母亲把馍馍晾干了，再粉碎煮成糊喂我。我多病，每逢病了，夜间，母亲总是放一碗清水在窗台上，祷告过往的神灵。母亲对人说："我这个孩子，是不会孝顺的，因为他是我烧香还愿，从庙里求来的。"

家境小康以后，母亲对于村中的孤苦饥寒，尽力周济，对于过往的人，凡有求于她，无不热心相帮。有两个远村的尼姑，每年麦秋收成后，总到我们家化缘。母亲除给她们很多粮食外，还常留她们食宿。我记得有一个年轻的尼姑，长得眉清目秀。冬天住在我家，她怀揣一个蝈蝈葫芦，夜里叫得很好听，我很想要。第二天清早，母亲告诉她，小尼姑就把蝈蝈送给我了。

抗日战争时，村庄附近，敌人安上了炮楼。一年春天，我从远处回来，不敢到家里去，绕到村边的场院小屋里。母亲听说了，高兴得不知给孩子什么好。家里有一棵月季，父亲养了一春天，刚开了一朵大花，她折下就给我送去了。父亲很心痛，母亲笑着说："我说为什么这朵花，早也不开，晚也不开，今天忽然开了呢，因为我的儿子回来，它要先给我报个信儿！"

一九五六年，我在天津，得了大病，要到外地去疗养。那时母亲已经八十多岁，当我走出屋来，她站在廊子里，对我说：

"别人病了往家里走，你怎么病了往外走呢！"

这是我同母亲的永诀。我在外养病期间，母亲去世了，享年八十四岁。

一九八二年十二月

父亲的记忆

父亲十六岁到安国县（原先叫祁州）学徒，是招赘在本村的一位姓吴的山西人介绍去的。这家店铺的字号叫永吉昌，东家是安国县北段村张姓。

店铺在城里石牌坊南。门前有一棵空心的老槐树。前院是柜房，后院是作坊——榨油和轧棉花。

我从十二岁到安国上学，就常常吃住在这里。每天掌灯以后，父亲坐在柜房的太师椅上，看着学徒们打算盘。管账的先生念着账本，人们跟着打，十来个算盘同时响，那声音是很整齐很清脆的。打了一通，学徒们报了结数，先生把数字记下来，说：去了。人们扫清算盘，又聚精会神地听着。

在这个时候，父亲总是坐在远离灯光的角落里，默默地抽着旱烟。

我后来听说，父亲也是先熬到先生这一席位，念了十几年账本，然后才当上了掌柜的。

夜晚，父亲睡在库房。那是放钱的地方，我很少进去，偶尔从撩起的门帘缝望进去，里面是很暗的。父亲就在这个地方，睡了二十几年，我是跟学徒们睡在一起的。

父亲是一九三七年，七七事变以后离开这家店铺的，那时兵荒马乱，东家也换了年轻一代人，不愿再经营这种传统的老式的买卖，要改营百货。父亲守旧，意见不合，等于是被辞退了。

父亲在那里，整整工作了四十年。每年回一次家，过一个正月十五。先是步行，后来骑驴，再后来是由叔父用牛车接送。我小的时候，常同父亲坐这个牛车。父亲很礼貌，总是在出城以后才上车，路过每个村庄，总是先下来，和街上的人打招呼，人们都称他为孙掌柜。

父亲好写字。那时学生意，一是练字，一是练算盘。学徒三年，一般的字就写得很可以了。人家都说父亲的字写得好，连母亲也这样说。他到天津做买卖时，买了一些旧字帖和破对联，拿回家来叫我临摹，父亲也很爱字画，也有一些收藏，都是很平常的作品。

抗战胜利后，我回到家里，看到父亲的身体很衰弱。这些年闹日本，父亲带着一家人，东逃西奔，饭食也跟不上。父亲在店铺中吃惯了，在家过日子，舍不得吃些好的，进入老年，身体就不行了。见我回来了，父亲很高兴。有一天晚上，一家人坐在炕上闲话，我絮絮叨叨地说我在外面受了多少苦，担了多少惊。父亲忽然不高兴起来，说："在家里，也不容易！"回到自己屋里，妻抱怨说："你应该先说爹这些年不容易！"

那时农村实行合理负担，富裕人家要买公债，又遇上荒年，父亲不愿卖地，地是他的性命所在，不能从他手里卖去分毫。他先是动员家里人卖去首饰、衣服、家具，然后又步行到安国县老东家那里，求讨来一批钱，支持过去。他以为这样做很合理，对我详细地描述了他那时的心情和境遇，我只能默默地听着。

父亲是一九四七年五月去世的。春播时，他去耪楼，出了汗，回来就发烧，一病不起。立增叔到河间，把我叫回来。我到地委机关，请来一位医生，医术和药物都不好，没有什么效果。

父亲去世以后，我才感到有了家庭负担。我旧的观念很重，想给父亲立个碑，至少安个墓志。我和一位搞美术的同志，到店子头去看了一次石料，还求陈肇同志给撰写了一篇很简短的碑文。不久就土地改革了，一切无从谈起。

父亲对我很慈爱，从来没有打骂过我。到保定上学，是父亲送去的。他很希望我能成材，后来虽然有些失望，也只是存在心里，没有当面斥责过我。在我教书时，父亲对我说："你能每年交我一个长工钱，我就满足了。"我连这一点也没有做到。

父亲对给他介绍工作的姓吴的老头，一直很尊敬。那老头后来过得很不如人，每逢我们家做些像样的饭食，父亲总是把他请来，让在正座。老头总是一边吃，一边用山西口音说："我吃太多呀，我吃太多呀！"

一九八四年四月二十七日
上午寒流到来，夜雨泥浆

晚秋植物记

白 蜡 树

　　庭院平台下，有五株白蜡树，五十年代街道搞绿化所植，已有碗口粗。每值晚秋，黄叶飘落，日扫数次不断。余门前一株为雌性，结实如豆荚，因此消耗精力多，其叶黄最早，飘落亦最早，每日早起，几可没足。清扫落叶，为一定之晨课，已三十余年。幼年时，农村练武术者，所持之棍棒，称做白蜡杆。即用此树枝干做成，然眼前树枝颇不直，想用火烤制过。如此，则此树又与历史兵器有关。揭竿而起，殆即此物。

石 榴

　　前数年买石榴一株，植于瓦盆中。树渐大而盆不易，头重脚轻，每遇风，常常倾倒，盆已有裂纹数处，然尚未碎也。今年左右系以绳索，使之不倾斜。所结果实为酸性，年老不能食，故亦不甚重之。去年结果多，今年休息，只结一小果，南向，得阳光独厚。其色如琥珀珊瑚，晶莹可爱，昨日剪下，置于橱上，以为观赏之资。

丝　瓜

我好秋声，每年买蝈蝈一只，挂于纱窗之上，以其鸣叫，能引乡思。每日清晨，赴后院陆家采丝瓜花数枚，以为饲料。今年心绪不宁，未购养。一日步至后院，见陆家丝瓜花，甚为繁茂，地下萎花亦甚多。主人问何以今年未见来采，我心有所凄凄。陆，女同志，与余同从冀中区进城，亦同时住进此院，今皆衰老，而有旧日感情。

瓜　蒌

原为一家一户之庭院，解放后，分给众家众户。这是革命之必然结果。原有之花木山石，破坏糟蹋完毕，乃各占地盘，经营自己之小房屋，小菜园，小花圃，使院中建筑地貌，犬牙交错，形象大变。化整为零，化公为私，盖非一处如此，到处皆然也。工人也好，干部也好，多来自农村，其生活方式，经营思想，无不带有农民习惯，所重者为土地与砖瓦，观庭院中之竞争可知。

我体弱，无力与争。房屋周围之隙地，逐渐为有劳力、有心计者所侵占。惟窗下留有尺寸之地。不甘寂寞，从街头购瓜蒌籽数枚，植之。围以树枝，引以绳索，当年即发蔓结果矣。

幼年时，在乡村小药铺，初见此物。延于墙壁之上，果实垂垂，甚可爱，故首先想到它。当时是独家经营的新品种，同院好花卉者，也竞相种植。

东邻李家，同院中之广种博收者也。好施肥，每日清晨从厕所中掏出大粪，倾于苗圃，不以为脏。从医院要回瓜蒌秧，长势颇壮，绿化了一个方面。他种的瓜蒌，迟迟不结果，其花为白绒状，其叶亦稍不同，众人嘲笑。李家坚信不移，请看来年，而来年如故。一王姓客人过而笑曰：此非瓜蒌，乃天花粉也，药材在根部。此客号称无所不知。

我所植，果实逐年增多，李家仍一个不结。我甚得意，遂去破绳败枝，购置新竹竿搭成高大漂亮架子，使之向空中发展，炫耀于众。出乎意外，今年亦变为李家形状，一个果也没有结出。

幸有一部《本草纲目》，找出查看。好容易才查到瓜蒌条，然亦未得要领，不知其何以有变。是肥料跟不上，还是日光照射不足？是种植几年，就要改种，还是有什么剪枝技术？书上都没有记载。只是长了一些知识：瓜蒌也叫天花粉，并非两种。王客所言，也是只知其一，不知其二。

然我之推理，亦未必全中。阳光如旧并无新的遮蔽。肥料固然施得不多，证之李家，亦未必因此。如非修剪无术，则必是本身退化，需要再播种一次新的种子了。

种植几年，它对我不再是新鲜物，我对它也有些腻烦。现在既不结果，明年想拔去，利用原架，改种葡萄。但书上说拔除甚不易，其根直入地下，有五六尺之深。这又不是我力所能及的了。

灰　　菜

庭院假山，山石被人拉去，乃变为一座垃圾山。我每日照例登临，有所凭吊。今年，因此院成为脏乱死角，街道不断督促，所属机关，才拨款一千元，雇推土机及汽车，把垃圾运走。光滑几天，不久就又砖头瓦块满地，机关原想在空地种些花木，花钱从郊区买了一车肥料，卸在大门口。除院中有心人运些到自己葡萄架下外，当晚一场大雨，全漂到马路上去了。

有一户用碎砖围了一小片地，扬上一些肥料。不知为什么没有继续经营。雨后野草丛生，其中有名灰菜者，现在长到一人多高，远望如灌木。家乡称此菜为"落绿",煮熟可作菜,余幼年所常食。其灰可浣衣,胜于其他草木灰。故又名灰菜。生命力特强,在此院房顶上,可以长到几尺高。

一九八五年十月八日

鸡　　叫

在这个大杂院里，总是有人养鸡。我可以设想：在我们进城以前，建筑这座宅院的主人吴鼎昌，不会想到养鸡；日本占领时期，驻在这里的特务机关，也不会想到养鸡。

其实，我们接收时，也没有想到养鸡。那时院里的亭台楼阁，山石花木，都保留得很好，每天清晨，传达室的老头，还认真地打扫。

养鸡，我记得是"大跃进"以后的事，那时机关已经不在这里办公，迁往新建的大楼，这里相应地改成了"十三级以上"的干部宿舍。这个特殊规定，只是维持了很短的时间，就被打破了，家数越住越多，人也越来越杂。

但开始养鸡的时候，人家还是不多的，确是一些"负责同志"。这些负责同志，都是来自农村，他们的家属，带来一套农村生活的习惯，养鸡当然是其中的一种。不过，当年养起鸡来，并非习惯使然，而是经济使然。"大跃进"，使一个鸡蛋涨价到一元人民币，人们都有些浮肿，需要营养，主妇们就想：养只母鸡，下个蛋吧！

我们家，那时也养鸡，没有喂的，冬天给它们剁白菜帮，春天就给它们煮蒜辫——这是我那老伴的发明。

总之，养鸡在那一定的历史条件下，是权宜之计。不过终于流传下来了，欲禁不能。就像院里那些煤池子和各式各样的随便搭盖的小屋一样。

过去，每逢"五一"或是"十一"，就会有街道上的人，来禁止养鸡。有一次还很坚决，第一天来通知，有些人家还迟迟不动；第二天就带了刀来，当场宰掉，把死鸡扔在台阶上。这种果断的禁鸡方式，我也只见过这一回。

有鸡就有鸡叫。我现在老了，一个人睡在屋子里，又好失眠，夜里常常听到后边邻居家的鸡叫。人家的鸡养在什么地方，是什么毛色，我都没有留心过，但听这声音，是很熟悉的，很动人的。说白了，我很爱听鸡叫，尤其是夜间的鸡叫。我以为，在这昼夜喧嚣，人海如潮的大城市，能听到这种富有天籁情趣的声音，是难得的享受。

美中不足的是：这里的鸡叫，没有什么准头。这可能是灯光和噪音干扰了它。鸡是司晨的，晨鸡三唱。这三唱的顺序，应是下一点，下三点，下五点。鸡叫三遍，人们就该起床了。

我十二岁的时候，就在外地求学。每逢假期已满，学校开课之日，母亲总是听着窗外的鸡叫：鸡叫头遍，她就起来给我做饭，鸡叫二遍再把我叫醒。待我长大结婚以后，在外地教书做事，她就把这个差事，交给了我的妻子。一直到我长期离开家乡，参加革命。

乡谚云：不图利名，不打早起。我在农村听到的鸡叫，是伴着晨星，伴着寒露，伴着严霜的。伴着父母妻子对我的期望，伴着我自身青春的奋发。

现在听到的鸡叫，只是唤起我对童年的回忆，对逝去的时光和亲人的思念。

彩云流散了，留在记忆里的，仍是彩云。莺歌远去了，留在耳边的还是莺歌。

一九八七年四月五日清明节

菜　花

　　每年春天，去年冬季贮存下来的大白菜，都近于干枯了，做饭时，常常只用上面的一些嫩叶，根部一大块就放置在那里。一过清明节，有些菜头就会鼓胀起来，俗话叫作菜怀胎。慢慢把菜帮剥掉，里面就露出一株连在菜根上的嫩黄菜花，顶上已经布满像一堆小米粒的花蕊。把根部铲平，放在水盆里，安置在书案上，是我书房中的一种开春景观。

　　菜花，亭亭玉立，明丽自然，淡雅清净。它没有香味，因此也就没有什么异味。色彩单调，因此也就没有斑驳。平常得很，就是这种黄色。但普天之下，除去菜花，再也见不到这种黄色了。

　　今年春天，因为忙于搬家，整理书籍，没有闲情栽种一株白菜花。去年冬季，小外孙给我抱来了一个大旱萝卜，家乡叫作灯笼红。鲜红可爱，本来想把它雕刻成花篮，撒上小麦种，贮水倒挂，像童年时常做的那样。也因为杂事缠身，胡乱把它埋在一个花盆里了。一开春，它竟一枝独秀，拔出很高的茎子，开了很多的花，还招来不少蜜蜂儿。

　　这也是一种菜花。它的花，白中略带一点紫色，给人一种清冷的感觉。它的根茎俱在，营养不缺，适于放在院中。正当花开得繁盛之时，被邻家的小孩，揪得七零八落。花的神韵，人的欣赏之情，差不多完全丧失了。

今年春天风大，清明前后，接连几天，刮得天昏地暗，厨房里的光线，尤其不好。有一天，天晴朗了，我发现桌案下面，堆放着蔬菜的地方，有一株白菜花。它不是从菜心那里长出，而是从横放的菜根部长出，像一根老木头长出的直立的新枝。有些花蕾已经开放，耀眼地光明。我高兴极了，把菜帮菜根修了修，放在水盂里。

我的案头，又有一株菜花了。这是天赐之物。

家乡有句歌谣：十里菜花香。在童年，我见到的菜花，不是一株两株，也不是一亩二亩，是一望无边的。春阳照拂，春风吹动，蜂群轰鸣，一片金黄。那不是白菜花，是油菜花。花色同白菜花是一样的。

一九四六年春天，我从延安回到家乡。经过八年抗日战争，父亲已经很见衰老。见我回来了，他当然很高兴，但也很少和我交谈。有一天，他从地里回来，忽然给我说了一句待对的联语：丁香花，百头，千头，万头。他说完了，也没有叫我去对，只是笑了笑。父亲做了一辈子生意，晚年退休在家，战事期间，照顾一家大小，艰险备尝。对于自己一生挣来的家产，爱护备至，一点也不愿意耗损。那天，是看见地里的油菜长得好，心里高兴，才对我讲起对联的。我没有想到这些，对这副对联，如何对法，也没有兴趣，就只是听着，没有说什么。当时是应该趁老人高兴，和他多谈几句的。

没等油菜结籽，父亲就因为劳动后受寒，得病逝世了。临终，告诉我，把一处闲宅院卖给叔父家，好办理丧事。

现在，我已衰暮，久居城市，故园如梦。面对一株菜花，忽然想起很多往事。往事又像菜花的色味，淡远虚无，不可捉摸，只能引起惆怅。

人的一生，无疑是个大题目。有不少人，竭尽全力，想把它撰写成一篇宏伟的文章。我只能把它写成一篇小文章,一篇像案头菜花一样的散文。菜花也是生命,凡是生命,都可以成为文章的题目。

一九八八年五月二日灯下写讫

吃 菜 根

　　人在幼年，吃惯了什么东西，到老年，还是喜欢吃。这也是一种习性。

　　我在幼年，是吃五谷杂粮长大的，是吃蔬菜和野菜长大的。如果说，到了现在，身居高楼，地处繁华，还不忘糠皮野菜，那有些近于矫揉造作；但有些故乡的食物，还是常常想念的，其中包括"甜疙瘩"。

　　甜疙瘩是油菜的根部，黄白色，比手指粗一些，肉质松软，切断，放在粥里煮，有甜味，也有一些苦味，北方农民喜食之。

　　蔓菁的根部，家乡也叫"甜疙瘩"。两种容易相混，其食用价值是一样的。

　　母亲很喜欢吃甜疙瘩，我自幼吃的机会就多了，实际上，农民是把它当作粮食看待，并非佐食材料。妻子也喜欢吃，我们到了天津，她还在菜市买过蔓菁疙瘩。

　　我不知道，当今的菜市，是否还有这种食物，但新的一代青年，以及他们的孩子，肯定不知其为何物，也不喜欢吃它的。所以我偶然得到一点，总是留着自己享用，绝不叫他们尝尝的。

　　古人常用嚼菜根，教育后代，以为菜根不只是根本，而且也是一种学问。甜味中略带一种清苦味,其妙无穷,可以著作一本"味根录"。其作用,有些近似忆苦思甜,但又不完全一样。

事实是:有的人后来做了大官,从前曾经吃过苦菜。但更多的人,吃了更多的苦菜,还是终身受苦。叫吃巧克力奶粉长大的子弟"味根",子弟也不一定能领悟其道;能领悟其道的,也不一定就能终身吃巧克力和奶粉。

我的家乡,有一种地方戏叫"老调",也叫"丝弦"。其中有一出折子戏叫"教学"。演的是一个教私塾的老先生,天寒失业,沿街叫卖,不停地吆喝:"教书!""教书!"最后,抵挡不住饥肠辘辘,跑到野地里去偷挖人家的蔓菁。

这可能是得意的文人,写剧本奚落失意的文人。在作者看来,这真是斯文扫地了,必然是一种"失落"。因为在集市上,人们只听见过卖包子,卖馒头的吆喝声,从来没有听见过卖"教书"的吆喝声。

其实,这也是一种没有更新的观念,拿到商业机制中观察,就会成为宏观的走向。

今年冬季,饶阳李君,送了我一包油菜甜疙瘩,用山西卫君所赠棒子面煮之,真是余味无穷。这两种食品,用传统方法种植,都没有使用化肥,味道纯正,实是难得的。

一九八九年一月九日试笔

记 春 节

如果说我也有欢乐的时候，那就是童年，而童年最欢乐的时候，则莫过于春节。

春节从贴对联开始。我家地处偏僻农村，贴对联的人家很少。父亲在安国县做生意，商家讲究对联，每逢年前写对联时，父亲就请写好字的同事，多写几副，捎回家中。

贴对联的任务，是由叔父和我完成。叔父不识字，一切杂活：打糨糊、扫门板、刷贴，都由他做。我只是看看父亲已经在背面注明的"上、下"两个字，告诉叔父，他按照经验，就知道分左右贴好，没有发生过错误。我记得每年都有的一副是：荆树有花兄弟乐，砚田无税子孙耕。这是父亲认为合乎我家情况的。

以后就是树天灯。天灯，村里也很少人家有。据说，我家树天灯，是为父亲许的愿。是一棵大杉木，上面有一个三角架，插着柏树枝，架上有一个小木轮，系着长绳。竖起以后，用绳子把一个纸灯笼拉上去。天灯就竖在北屋台阶旁，村外很远的地方，也可以望见。母亲说：这样行人就不迷路了。

再其次就是搭神棚。神棚搭在天灯旁边，是用一领荻箔。里面放一张六人桌，桌上摆着五供和香炉，供的是全神，即所谓天地三界万方真宰。神像中有一位千手千眼佛，幼年对她最感兴趣。人世间，三只眼、三只手，已属可怕而难斗。她竟有如此之多的手和眼，可以说是无所不见，无所不可捞取，能量之大，实在令人羡慕不已。我常常站在神棚前面，向她注视，这样的女神，太可怕了。

五更时，母亲先起来，把人们叫醒，都跪在神棚前面。院子里撒满芝麻秸，踩在上面，巴巴作响，是一种吉利。由叔父捧疏，疏是用黄表纸，叠成一个塔形，其中装着表文，从上端点着。母亲在一旁高声说："保佑全家平安。"然后又大声喊："收一收！"这时那燃烧着的疏，就一收缩，噗的响一声。"再收一收！"疏可能就再响一声。响到三声，就大吉大利。这本是火和冷空气的自然作用，但当时感到庄严极了，神秘极了。

最后是叔父和我放鞭炮。我放的有小鞭，灯炮，塾子鼓。春节的欢乐，达到高潮。

这就是童年的春节欢乐。年岁越大，欢乐越少。二十五岁以后，是八年抗日战争的春节，枪炮声代替了鞭炮声。再以后是三年解放战争、土地改革的春节。以后又有"文化大革命"隔离的春节，放逐的春节，牛棚里的春节等等。

前几年，每逢春节，我还买一挂小鞭炮，叫孙儿或外孙儿，拿到院里放放，我在屋里听听。自迁入楼房，连这一点高兴，也没有了。每年春节，我不只感到饭菜、水果的味道，不似童年，连鞭炮的声音也不像童年可爱了。

今年春节，三十晚上，我八点钟就躺下了。十二点前后，鞭炮声大作，醒了一阵。欢情已尽，生意全消，确实应该振作一下了。

一九九〇年二月二日上午

楼居随笔

观垂柳

农谚："七九、八九，隔河观柳。"身居大城市，年老不能远行，是享受不到这种情景了。但我住的楼后面，小马路两旁，栽种的却是垂柳。

这是去年春季，由农村来的民工经手栽的。他们比城里人用心、负责，隔几天就浇一次水。所以，虽说这一带土质不好，其他花卉，死了不少。这些小柳树，经过一个冬季，经过儿童们的攀折，汽车的碰撞，骡马的啃噬，还算是成活了不少。两场春雨过后，都已经发芽，充满绿意了。

我自幼就喜欢小树。童年的春天，在野地玩，见到一棵小杏树，小桃树，甚至小槐树，小榆树，都要小心翼翼地移到自家的庭院去。但不记得有多少株成活、成材。

柳树是不用特意去寻觅的。我的家乡，多是沙土地，又好发水，柳树都是自己长出来的，只要不妨碍农活，人们就把它留了下来，它也很快就长得高大了。每个村子的周围，都有高大的柳树，这是平原的一大奇观。走在路上，四周观望，看不见村庄房舍，看到的，都是黑压压、雾沉沉的柳树。平原大地，就是柳树的天下。

柳树是一种梦幻的树。它的枝条叶子和飞絮，都是轻浮的，柔软的，缭绕、挑逗着人的情怀。

这种景象，在我的头脑中，就要像梦境一样消失了。楼下的小垂柳，只能引起我短暂的回忆。

一九九〇年四月五日晨

观 藤 萝

楼前的小庭院里，精心设计了一个走廊形的藤萝架。去年夏天，五六个民工，费了很多时日，才算架起来了。然后运来了树苗，在两旁各栽种一排。树苗很细，只有筷子那样粗，用塑料绳系在架上，及时浇灌，多数成活了。

冬天，民工不见了，藤萝苗又都散落到地上，任人践踏。幸好，前天来了一群园林处的妇女，带着一捆别的爬蔓的树苗，和藤萝埋在一起，也和藤萝一块儿又系到架上去了。

系上就走了，也没有浇水。

进城初期，很多讲究的庭院，都有藤萝架。我住过的大院里，就有两架，一架方形，一架圆形，都是钢筋水泥做的，和现在观看到的一样，藤身有碗口粗，每年春天，都开很多花，然后结很多果。因为大院，不久就变成了大杂院，没人管理，又没有规章制度，藤萝很快就被作践死了，架也被人拆去，地方也被当作别用。

当时建造、种植它的人，是几多经营，藤身长到碗口粗细，也确非一日之功。一旦根断花消，也确给人以沧海桑田之感。

一件东西的成长，是很不容易的，要用很多人工、财力。一件东西的破坏，只要一个不逞之徒的私心一动，就可完事了。他们对于"化公为私"，是处心积虑的，无所不为的，办法和手段，也是很多的。

近些年，有人轻易地破坏了很多已经长成的东西。现在又不得不种植新的、小的。我们失去的，是一颗道德之心。再培养这颗心，是更艰难的。

新种的藤萝，也不一定乐观。因为我看见：养苗的不管移栽，移栽的又不管死活，即使活了，又没有人认真地管理。公家之物，还是没有主儿的东西。

一九九〇年四月五日晨

听 乡 音

乡音，就是水土之音。

我自幼离乡背井，稍长奔走四方，后居大城市，与五方之人杂处，所以，对于谁是什么口音，从来不大注意。自己的口音，变了多少，也不知道。只是对于来自乡下，却强学城市口音的人，听来觉得不舒服而已。

这个城市的土著口音，说不上好听，但我也习惯了。只是当"文革"期间，我们迁移到另一个居民区时，老伴忽然对我说：

"为什么这里的人，说话这样难听？"

我想她是情绪不好，加上别人对她不客气所致，因此未加可否。

现在搬到新居，周围有很多老干部，散步时，常常听到乡音。但是大家相忘江湖，已经很久了，就很少上前招呼的热情了。

我每天晚上，八点钟就要上床，其实并睡不着，有时就把收音机放在床头。有一次调整收音机，河北电台，忽然传出说西河大鼓的声音，就听了一段，说的是《呼家将》。

我幼年时，曾在本村听过半部呼延庆打擂，没有打擂，说书的就回家过年去了。现在说的是打擂以后的事，最热闹的场面，是命定听不到了。西河大鼓,是我们那里流行的一种说书,它那鼓、板、三弦的配合音响,一听就使人入迷,这也算是一种乡音。说书的是一位女艺人。

最难得的,是书说完了,有一段广告,由一位女同志广播。她的声音,突然唤醒我对家乡的迷恋和热爱。虽然她的口音,已经标准化,广告词也每天相同。她的广告,还是成为我一个冬季的保留欣赏节目,每晚必听,一直到呼家将全书完毕。

这证明,我还是依恋故土的,思念家乡的,渴望听到乡音的。

一九九〇年四月五日下午

听 风 声

楼居怕风,这在过去,是没有体会的。过去住老旧的平房,是怕下雨。一下雨,就担心漏房。雨还是每年下,房还是每年漏。就那么夜不安眠地,过了好些年。

现在住的是新楼,而且是墙壁甫干,街道未平,就搬进来住了。又住中层,确是不会有漏房之忧了,高枕安眠吧。谁知又不然,夜里听到了极可怕的风声。

春季,尤其厉害。我们的楼房,处在五条小马路的交叉点,风无论往哪个方向来,它总要迎战两个或三个风口的风力。加上楼房又高,距离又近,类似高山峡谷,大大增加了风的威力。其吼鸣之声,如惊涛骇浪,实在可怕,尤其是在夜晚。

可怕,不出去也就是了,闭上眼睡觉吧!问题在于,如果有哪一个门窗,没有上好,就有被刮开的危险。而一处洞开,则全部窗门乱动,披衣去关,已经来不及,摔碎玻璃事小,极容易伤风感冒。

所以,每逢入睡之前,我必须检查全部门窗。

我老了,听着这种风声,是难以入睡的。

其实，这种风，如果放到平原大地上去，也不过是春风吹拂而已。我幼年时，并不怕风，春天在野地里砍草，遇到顶天立地的大旋风过来，我敢迎着上，钻了进去。

后来，我就越来越怕风了。这不是指风的实质，而是指风的象征。

在风雨飘摇中，我度过了半个世纪。风吹草动，草木皆兵。这种体验，不只在抗日，防御残暴的敌人时有，在"文革"，担心小人的暗算时也有。

我很少有安眠的夜晚，幸福的夜晚。

一九九〇年四月七日晨

编 后 记

  孙犁的青少年时代在动乱环境中度过，寒窗苦读、颠沛流离兼之血与火的战斗，基本上可以概括其这一时期的全部经历。往昔回首，那些经历对其一生的影响都是至关重要的，甚至是一生都挥之不去的情结。其诸多作品中都有青少年时期经历与感受的影子。正是那个时期的学习与实践，感受和思索，奠定了他人生的基调。他写战斗，写人物，写动物、植物、景物，写风声，写乡音，写地方戏，甚至写一双鞋，种种文字都是积年沉淀在作家的思绪深处的青少年时期的人生意象，那种孙犁独有的审美的角度与人生的况味，也是被他众多作品所收纳其中的重要物象和情绪场，甚至可以在某种程度上说是其写作的出发点之一。

  孙犁对于青少年时期的孩子们非常注意，不仅在作品中经常以其为描绘对象，甚至还有专门的篇章写给这个人生阶段的人们，比如《鲁迅少年读本》。基于以上观察，本书选篇的标准专一在"写青少年的"和"为青少年写的"两种。所谓"写青少年的"，就是以青少年为描绘对象的；"为青少年写的"则是写给青少年看的文字，抒发自己对青少年时期的生活感触的文字。

编选者
2016 年 5 月